手人袖

柏樺詩集

# 目　次

## 第四季　冬

第一季

# 春

# 為何總會有一個明天

斷腸草、愁婦草；喜沙草、麥得草
——「呼吸的秋千翻滾起來」，

在森林中，聲音——
已不是那聲音；Pankow而非烏克蘭，

1997年，10月……

「轉機，轉機，轉機」（與我無關）
那遲到的香港詩人邊說邊撒嬌：

（而胡蘭成早就說過了：
「人生就是這樣的賭氣和撒嬌」）

今天之後，為何總會有一個明天？

2014-1-2

# 書事

星期天，誰會來聽《江南曲》？
——吳興太守柳文暢：

故人何不返？春華忽應晚。

三春暉。那老人愛輕陰而非濃蔭。
日惛惛，夜惛惛；書惛惛，院惛惛。

到底什麼不可追呀？流陰在人間
而非在《童年》；《我的大學》作古，

蘇維埃作古；五點四十七分，甪直
我夢到了陸龜蒙，對酒之後便是雞鳴。

**附錄：**

《書事》（王維）
輕陰閣小雨，深院晝慵開。
坐看蒼苔色，欲上人衣來。

2014-1-4

# 風中

東洋，鯉魚旗；六朝，鯉魚風

圍棋宜於傍晚。水果宜於黎明。

晨風……小垂手；慢臉，卓文君：

「女人睡起的臉相是很好看的。」
那餘輝一點呢，是蚊子的眼淚。

陶潛相思則披衣，蕭綱披衣可識風。
在長沙，舞陽春，「人有病，天知否？」

1921，「堆來枕上愁何狀，江海翻波浪。
夜長天色總難明，無奈披衣起坐數寒星。」

注釋一：「慢臉」，典出簡文帝詩《小垂手》：「蛾眉與
　　　　慢臉，見此空愁人。」
注釋二：「人有病，天知否？」見毛澤東《賀新郎‧贈楊
　　　　開慧》。
注釋三：「堆來枕上愁何狀，江海翻波浪。夜長天色總難
　　　　明，無奈披衣起坐數寒星。」見毛澤東《虞美
　　　　人‧枕上》

2014-1-6

# 與張祜縱遊淮南

全椒，庭院有奇樹；婦人四十，容貌改前。
讀劉緩詩《寒閨》，便入深秋，箱中剪刀已冷。

眉語嫵媚，眼語不言，的的妝華，慢臉嬌妍。
緞子涼涼的，就覺得人體的溫馨，且亦是新婦的溫馨

近在豬欄酒吧，住著一位來自上海的詩人，她叫寒玉。

注釋一：張祜（？~849）祜或誤作祐，字承吉，清河（今
　　　　屬河北）人。初寓姑蘇，後至長安，為元稹排
　　　　擠，遂至淮南。愛丹陽曲阿山水，隱居以終。張
　　　　祜一生「性愛山水，多遊名寺」，所到之處「往
　　　　往題詠唱絕」。卒於宣宗大中年間。有《張處士
　　　　詩集》。
注釋二：「眉語嫵媚，眼語不言」化脫自《山堂肆考》。
注釋三：「的的妝華」出自「的的見妝華」（梁劉孝威
　　　　《鄀縣遇見人織率爾寄婦》）
注釋四：「緞子涼涼的，就覺得人體的溫馨，且亦是新婦
　　　　的溫馨」見胡蘭成《今生今世》（中國社會科學
　　　　出版社，2003，第33頁）

## 附錄：

### 《縱遊淮南》（張祜）

十里長街市井連，月明橋上看神仙。
人生只合揚州死，禪智山光好墓田。

2014-1-9

# 鄭單衣

試酒，便俊賞了化學樓，1985
清晨蚊帳，食堂蛋糕，床邊的優酪乳；

試酒，北碚之春便去了花溪一間農學院，
我們在黑夜中舞蹈，她從北師大來；

眼淚一直要流到南京嗎？有一天
他寫下：最柔軟的女人是貴州女人。

試酒，自行車就開始脫手飛旋——
——幻覺——北方日記——1996！

試酒，在成都，在同里，在澳門⋯⋯
我們的朋友定要去銜接過去一個人的夢，

那雨，那雨，稽亭故人去，九里新人還。
今朝酒醒，我便將你喚作庾信的「陽臺神」。

注釋一：「稽亭故人去，九里新人還。」（《潯陽樂》）
注釋二：「何勞一片雨，喚作陽臺神。」（庾信《春日題
　　　　屏風》）

附錄：

《六醜・正單衣試酒》（周邦彥）

正單衣試酒，悵客裡，光陰虛擲。願春暫留，春歸如過翼，一去無跡。為問花何在？夜來風雨，葬楚宮傾國。釵鈿墮處遺香澤，亂點桃蹊，輕翻柳陌，多情為誰追惜？但蜂媒蝶使，時叩窗槅。……東園岑寂，漸蒙籠暗碧。靜繞珍叢底，成歎息。長條故惹行客，似牽衣待話，別情無極。殘英小，強簪巾幘，終不似一朵，釵頭顫裊，向人欹側。漂流處，莫趁潮汐。恐斷紅，尚有相思字，何由見得？

2014-1-10

# 長沙
—— 為少年張棗而作

年十五，我要去上學
人間已變，長沙春輕，

苦夏亦好，一九七八，
少女一定來自湖南嗎？

（布衾多年冷似鐵）

看！反宇飛風，伏檻含日
愛晚亭上，白雲誰侶。

注釋一：「布衾多年冷似鐵」典出杜甫《茅屋為秋風所破
　　　　歌》。
注釋二：「反宇飛風，伏檻含日」，見梁簡文帝《長沙宣
　　　　武王廟碑文》。據西南交通大學碩士生王治田指
　　　　出：「反宇」為捲起的屋簷。再據西南交通大學
　　　　教授，羅寗博士指出：「伏檻含日」為日光映在
　　　　窗櫺欄杆上。
注釋三：「白雲誰侶」，見孔稚珪《北山移文》。

2014-1-12

# 風景與生活

含羞人在過橋，小心。
瑞安的紗面，桃花扇下，小心。

小心，六合有家暴。
小心，蜀魚很肥。

那來自上海的撒嬌詩人呢？

永嘉陳玉父
錢塘沈逢春

等等，為何「大兒庾信，小兒徐陵」？
為何那東台來的男裁縫皮膚白如陰天？
為何他生活在一條深巷，一日就是百年！

2014-1-13

# 湧起，何苦

**1.**

洪波湧起，森林湧起，亂雲湧起……
小魚嘴湧起，單車湧起，南京湧起

中山門外，前線歌舞，一間郵局……
孝陵衛火箭從不是胖胖的日本箭！

**2.**

羅馬尼亞，非要「讓俄國人瞧瞧，
羅馬尼亞人的雞巴多麼非凡」何苦
老人罵從窗下經過的陌生人，何苦

「口水在嘴裡，路人在深夜裡」……
他愛上的畫家，其實是他的小媽媽。

2014-1-15

# 哭樹

我一生寫過多少樹……

年輕時，我寫過「黑樹」
後來，寫過「神樹」
再後來，寫過「煙樹」

今天，我要寫一株哭樹
因為里爾克耳朵已豎起：
波浪，馬麗娜，我們海洋！

在陰天，哭樹很害怕，
發著抖，似乎它並不想
讓我看見這一幕：

1915年11月21日
因為一個詩人就要發生
（億萬年，他克制了自己）

而
飛鳥？——準備看獅子吧，
它們將走過空中。

2014-1-16

# 剛好

剛好，讀金剛經，戴一頂天真的帽子
剛好，楊醫生做完一台射頻消融手術

清晨，任學生行穿刺時很緊張，無礙
清晨，任仙桃七顆如鴨卵，遞上便吃

久在人間，便非仙才，隨遇混跡陋巷
蘇秦乎，顏回乎；徐福記，在臺灣。

可人們早就忘了鬼谷先生名叫王利

可是赤童，可是赤龍；可是赤班符呢
——丙丁入火九，何意？翻開紫書：

碧玉豈止小家，它亦是一本詩集的名字。

2014-1-17

# 在圖賓根

請你不要隨意地說，我的一生。

可我多想再說一次：青春，
「原諒我吧。我正接近終點。」

德語，「通過叢林般的變格。」
張燈結綵，回到圖賓根火車站

（森林——前方；紅馬，試奔）

臨窗望，他思想：「兒子，
別說雲裡有一個父親……」

車爾尼雪夫斯基該怎麼辦？
時間唯有一天，1997年的一天。

怪事情！魚行走並開口說話：
東方快車憑什麼只可能來自銀河。

2014-1-20

# 一種翻譯工作

很可能，雲，隨遇而安，他們就譯出「瘋碗」
很可能，金絲楠和風，已雙雙睡入這個世界

醒來，瑞典工程車已開始在都江堰工作
醒來，芮虎先生騎上自行車去聽一堂歷史課

詩，因地制宜，寫手便匆匆喝翻在二維碼旁

快看！鐵酒喝下之後——魚鞠躬之後——
「那女人——母豬——不得不在水中掙扎。」

到底誰的喉頭爆破音在唱，策蘭？還是王家新？

2014-1-22

# 波浪詩

### 1.

庭中盆水，簷邊橘樹，小心，南斯拉夫有鐵托！

雲從井出，金德白雲，小心，電影——難忘的戰鬥

雞鳴橋上，犬吠山中，小心，食白石者遠非姜白石

讀太平廣記，來到日本：仙才難得也，人間再無杜子春。

### 2.

習染業者亦習道，原因莫名，出於化學？未可知。

1989，非關騎鶴（亦非關坐車與乘舟），某染匠扶風便

下揚州，可惜他只愛晉樹亭，不愛櫻桃園，惋惜契訶夫！

早茶，富春包子八個，酒氣沖天；他呢，又在新華書店
盜書。

3.

悠悠，那鹽鐵院宋書手，雖月錢兩千，亦娶妻度日。

六月難過，鬼亦不來，新繁苟書生呢，當空書寫金剛經

聖人迎我往西方（唐朝于昶）天使迎我往西方（民國
孫文）

食狗肉，目盲；食羊肉，腿斷；猛人魚萬盈殺蛇後死裡
逃生。

4.

你手握那土塊，有唇舌鼓動！見者莫不毛豎、驚走⋯⋯

夜如藍，你又領四虎渡江，往棲霞寺，無人同志，但為
延壽。

六朝居士卞悅之，妻妾各一，未有子息，便恒誦觀音而
不法華

卞之琳呢，他省事少言，人鳥不亂，任羅剎漆黑，從幽
明錄來。

5.

春日忽忽，讀白行簡《李娃傳》，趁機又讀周作人「枕草子」

無吶喊、無彷徨、無長恨、無琵琶；今病日困，求鬼無益

唯求《心獸》。睡而亡，汝命盡，「飯越接近腸子，臉越皺」；

好罷，我跟一句：有了摩擦，何必戀愛；有了形式，何必抒情。

6.

1980年，宣漢，非要一部彩色電視機；北碚，非要巴別爾？

潯陽尼妙寂呢，第三個故事：寺中偷錢，腰上生瘡；火攻，

遂得熱病。黑主貴，高爾基的黑鬍子是一件小小燕尾服，欲飛

危險，鵲奔亭，誰切斷了蛐蟮，寶軌兄，冬月無瓜，並是人頭？

7.

夜空下，大地行走，人睡去；可再深的瞌睡，一個激靈就醒了。

平衡，呼吸香氣，也呼吸塵埃；無風，那男孩的雙頰仍被凍紅。

重慶是一個不會老的男城市，也是一個剖腹傾訴的女城市。唉，

西南師範大學的學生樣樣都慢，吃煙慢、喝酒慢、刮兔子皮也慢。

8.

蘇味道只有一個，昆明池盡在天涯；今朝我讀：松樹下，周瑟瑟。

甯任江陰令不做河南尹；副主編的頭從深山寄來，報紙還辦不辦？

女青亭畔，有人斬蛇，妻目枯；春柳樹下，有人殺牛，
兒額腫。

待我們依法為酒，母疾便愈，不必行那孝子俗套——割
股肉啖母。

9.

殺氣重楚河漢界，彭城狗日夜瘋奔；江南豈是勝地，問
太倉令張策？

北夢南夢，瑣言無端，精察之後，水利！範百年難免作
幾番俊辯。

還要學陰鏗麼，最美的菜——周顒說了——春初早韭，
秋暮晚菘。

在唐朝，我早注意了羅隱之聲——乖刺；在東歐，農民
從襯衫裡出來。

10.

境遇即一個人看風景的心緒，你說「村子整個就是一個
牛屁眼。」

你又說「男人何其多，狗何其多，多如狗毛。」而涼州
蒼茫，

張天錫夢見綠狗南來。而張祜和崔涯，教玉人吹簫，在
維揚放歌。

呼吸風生，一輛吉普穿過神祕半月，我來到標緻小
廟──紫金庵。

2014-1-26

# 食後

食羊頭者，晨出；食兔頭者，夜出；
（在吾國，吾民一年要吃掉多少豬頭！）

食牛頭者呢？午後日恬，風水薄送
抬腿便來到有溝渠的廣大斜坡——
橘子林——那也是婚姻的斜坡，1986
沒有橘頌，但有考試！讓我想想……

（某人吞下人參雞湯，就射出濃精子）

那也是老女神朗讀英語的斜坡，聽下去：
（斜著，像茨維塔耶娃那樣誦詩後斜著）

每逢人知道這些健康的、吃飽的、美麗的人
在那漫長的一整天中什麼事也不做，人就不由得
希望所有的人的生活都像這樣才好。……

注釋：最後三行文字全出自契訶夫小說《帶閣樓的房子》。

2014-1-27

# 蘇州

晚霞，來不及
空路，來不及
人，為何更是來不及？

來不及，他
身處隆冬，體溫卻在盛夏

盛夏，他
突然遇見我瀑布般的黑髮！

黑髮呀！來不及
多年後我們回到了初中

初中！
為一種北大之美重新剪短頭髮。

2014-1-27

# 知青回憶錄

西邊幽暗，東方泥濘，大雨
滂沱……洗白了酒肉，滂沱……

想想看，難道那鄉村小學教師
還需要飽吃冰糖餓吃煙嗎？

壁山，有壁山神！1975年
我在巴縣與壁山的森林漫遊

知青時代翻作後漢建武二年

一枝燈，夜未央，何人感激讀書？
那是清河太守鮮于冀，不是鮮於浩

2014-1-28

# 風調

**1.**

去年，支宇在牛津
今年，國強在牛津

但牛巾，不是牛津
劉遁，亦不是牛頓

**2.**

詩人多，獸醫更多
英格蘭，1966
韋利將死……

妻問（6月27日）：
I'm going to have some coffee.
You too？

「幽途？」
數分鐘後，韋利死去。

**3.**

古有丹陽燈籠客
今有丹陽眼鏡客

她恨蒜，你吃棗

亡者畏桃，又是丹陽！

4.

山中寒玉，黑夜多懷

薛用弱開寫：集異記

不是東風，就是西風……

唉，為什麼槐影令人害怕？

貌若兒童的老人令人害怕？

注釋一：此詩開篇就套用老杜句法「前年渝州殺刺史，今
　　　　年開州殺刺史」，來寫我西南交通大學人文學
　　　　院二位教授支宇和陳國強，分別赴牛津大學訪
　　　　學事。

注釋二：亞瑟・韋利（Arthur Waley，1889~1966），繼翟
　　　　理斯（Herbert Allen Giles,1845~1935）之後，最
　　　　傑出的英國第二代漢學家。

注釋三：韋利臨死前，將英語的「You too」誤聽成了漢
　　　　語的「幽途」，因此很不高興。其妻不明就裡，
　　　　後來霍克斯（David Hawks）告訴她，「幽途」
　　　　是佛家語，幽冥之途，指六道輪回中的地獄、餓
　　　　鬼、畜生等三惡道。

注釋四：江蘇丹陽，古為燈具市場，今為眼鏡市場。

2014-1-28

# 漢字故事一則

（異體字除外）漢字八萬，十三經只需六千五百
死生有命、乍暖還寒，每個漢字各有去處，恰如

紅茶，色厚，宜於隆冬；綠茶，色輕，宜於薄夏。
但是「得罪那，問聲點看」：若是各方言起義呢？

早已書同文，豈敢話同音！這一扒拉整得來多慘道
1986，切韻，川大只余李長庚，哪來臨漳陸法言。

注釋一：「得罪那，問聲點看」，參見徐志摩寫的硤石方
　　　　言詩《一條金色的光痕》。
注釋二：「這一扒拉整得來多慘道」，參見蹇先艾寫的遵
　　　　義方言詩《回去》。

2014-1-30

# 漢魏六朝賦選

讖緯興於東漢，班固少有鄉愁
幽通賦？白虎通？我們讀漢書

小小溫泉賦，大大思玄賦；張衡
定情於「思在面而為鉛華」。

虎牢勁風屬涼，黑雲飛過嵯峨
159年，蔡邕行路難，作述行賦
檢逸賦呢，「思在口而為簧鳴」。

1963，《曹氏父子和建安文學》
我讀到：「吾起義兵，為天下
除暴亂。」後來吾遊仙，吾房中

「雖信美而非吾土兮」在麥城
王粲登樓賦：「曾何足以少留。」

「白馬飾金羈……幽並遊俠兒」
下午；洛神下午；中華活頁文選
下午；彭逸林朗誦於初二，下午

潘岳秋興，潘岳閒居，潘嶽悼亡
而陸機「惟南有金」，豈是苦橙

突然！洛陽紙貴，左思橫空三都
突然，江淹恨賦、別賦、青苔賦

聽「枕草子」——王羲之、王獻之：
「奉橘三百枚，霜未降，未可多得。」
「慶等已至也。鵝差不？甚懸心。」

鮑參軍，最後的蕪城，最後的傷逝
庾開府，最後的小園，最後的哀江南賦

2014-1-31

# 重慶上清寺，1966

更陰天，你就一春多病
更念死，她就活了下來

（支那人而非日本人）

歐陽海，母親，重慶
紅箭、黑箭、孔雀……

鮮宅落日，何以思鄉
鳥邊文革，何以人閒

雨中，我們錯斬了崔寧

二輕局——如夢的炮火
夏天飢餓的女兒，1966

他胖胖的屍體還在嗎？
他何以食肉相換那絕交書！

說明：

　　此詩每一句都有來處，譬如第一句就來自韓偓「一春多病更陰天」。第二句，化脫自赫塔・米勒：《心獸》（江蘇人民出版社，2010，第15頁）「每個念叨死亡的人懂得如何活下去」。「紅箭、黑箭、孔雀……」，屬熱帶魚常見品種，我在《左邊》裡寫過此節。「落日鳥邊下，秋原人外閒」（王維）被我改造成：「鮮宅落日，何以思鄉/鳥邊文革，何以人閒」。「飢餓的女兒」，指虹影的小說《飢餓的女兒》。結尾一句來自黃庭堅如下二句：「管城子無食肉相，孔方兄有絕交書」。

　　其他意象，如「二輕局」、「胖胖的屍體」等，幾乎都來自我寫的《左邊：毛澤東時代的抒情詩人》之《第一卷，憶少年・鮮宅》（江蘇文藝出版社，2009）

　　童年，我只記得聽過兩個故事，第一個是母親給我講的《錯斬崔寧》，第二個是在鮮宅的草地上聽一個老者講的《歐陽海之歌》。

2014-2-1

# 春天之憶

——早春讀《黃珂》，想起張棗。

黃珂兄：「這靜夜，這對飲，我們彷彿
曾經有過，此刻，我們只是在臨摹從前。」

讀下去，我就打開了一本更老的歷史書：

元遺山，八月並州，大雁南飛
韓冬郎，已涼天氣，白晝入眠

戴望舒呢，病起嘗新橘，秋深換舊裳
徐志摩輕輕地，似一隻燕子穿簾而去

此刻，我們醒著，說著，補飲著……

那寒春病酒的人，不是我，是誰？
那濃春枯坐的人，不是你，是誰？

晨曦，剪剪風兒惻惻冷，幻覺北京！
我將乘早班車去上課，一口氣喝完一瓶橙汁。

2014-2-3

# 問答元遺山

兒女青紅，雲煙青紅……
登臨，他州誰有湧金樓？

草堂詩，便梅花人日
到來，古今誰見海西流？

風馬牛，還歸錦裡春光
風馬牛，忽迎並州涼氣

魚嘴可怖，風景送老：

任那人一心去做濟南人！
任那人只把匡山當讀書山！

2014-2-4

# 河南（一）

還找什麼呢，河南？她身上一天到晚就帶著一個

鄉村？她渾身都有，南瓜呀，茄子呀，薑呀，蒜呀……
甚至半截黃得發黑的矮牆，肥腴多灰的柿子樹，公羊……

貧困閒閒，隨便走走，又讓我們翻開書讀一小段吧：

一個女人抱著一隻灰鵝。她睡著了，鵝在她懷中還
嘎嘎叫喚了一會兒。然後它把脖子往翅膀上一擱，也
睡了。

可這世上總有什麼東西含著淚，一去不復返了，無影也
無蹤了……

注釋：詩中楷體部分出自赫塔・米勒著，鐘慧娟譯：《心
獸》，江蘇人民出版社，2010，第40頁。

2014-2-4

# 無常

碧空當頭，紅日梭邊，詩人是漁樵人
「送君南浦，傷如之何」，十二月裡總有一個三月

「生長是一種命運」，猶豫是一種命運
想想看，歷史之冬？語文之冬？朝鮮之冬？

春節，我們吃瓜子花生，也吃餃子湯圓和豬的臉
春節，我們去北京農展館，也去《包法利夫人》的農
展會。

「錫蘭，大海包圍的錫蘭」！那木桌的紋理也是大海
的紋理！
對於無常來說，生活就是此刻：那女病人威嚴，那女
屍體殘忍。

2014-2-7

# 有所思（一）

—— 贈李商雨

江南春景，月兒閒閒，我在蕪湖抄星，有所思：

冬天水冷呀，夏天水熱，人間麻鴨冷暖自知？
冬天鏡子亦冷，那夏天鏡子就熱麼？有所思：

百年——今天，衰老從何開始？一定是你的臉
用盡了光陰，而光陰也用盡了你，有所思：

在挪威北部，一個秋天的晚餐時分，幸福流逝……
某人剛好接受了我們大家無意中的告別，有所思：

為何偏偏是那中國人突然站起，流下熱淚，領悟了人生？

注釋：《抄·星》為李商雨2013年寫的一首詩，我十分喜
　　　歡，特別引來如下：

　　　　星是，昂星。牽牛星。明星
　　　　長庚星。奔星，要是沒有
　　　　那條尾巴，那就更有意思了
　　　　星河廓落的很啊，他在抄星
　　　　月兒呢？月兒正閒，有一個人
　　　　在馬路上散步，他閒過月兒
　　　　他抄星，在南蕪湖，冬夜迢遞
　　　　路燈一會兒白，一會兒紅

2014-2-7

# 當你老了

往昔的桉樹，尿槽，我初中時代的木床，
我不止一次寫到；1971年隆冬的精液呀
真的，體內奔騰著多少埋名勃發的深河！

後來，一切都太慢了，生與死，這一對
神祕的珍寶（惠特曼或許破解了它）可
孩子們對它已失去了耐心，請原諒他們。

當你老了，你對我談起塞內加爾，那裡
過街人無論男女，總有一種童年的幸福
而垂死人終將明白，只有不死才是危險。

2014-2-8

# 一種相遇

一億年後，你總算等到了一個人，我
（又被誰指使），要來歌唱你無人識得的一生；

活著的時候，你總感覺自己年輕，死是別人的事情：
可能嗎，我，一個新安江的農民，會像謝靈運那樣被
斬首？

驚回頭，安靜下來，翻開書，我們一塊來讀博爾赫斯：
「今年夏天，我將五十歲了，死亡消磨著我，永不停
息。」

或者，唉，怎麼說呢，「……但願我生來就已死去。」

因為風不僅僅在尋找樹，它也在尋找弄堂與鐵橋……
尋找銀馬上的騎手；風過耳，那死神一眼就把他從風
馬中選出。

2014-2-8

# 時間，我的驚訝，你在哪裡

我曾經喜歡過1963年的黑夜
如今，我只愛2013年的黎明

半個世紀的三春暉，悄然而逝
講堂早拋棄了大田灣來到森林
嗯，我將成為你們幽靜的導師。

大人們都有平易近人的身體嗎？
你聽見了什麼，語文裡的燕子
剛從師範畢業的程老師懷中飛出

「童年是害羞的時代」，沒有目的
博爾赫斯呢，他活一天算一天。

2014-2-9

# 京都故事

行走在京都的秋色裡，他的鬍鬚被細細地吹著
他的鬍鬚啊，與其說是柔和不如說是軟弱
他，就是一個活著的幽靈，比鬼還像鬼，鬍鬚軟弱……

在孩童般的小提琴聲裡，還是他，這個瘦弱而多汗的人
懷著酒後的衝動兼英雄淚，讀完了一本共產主義小書。

1924年，一個花園，「啊，要記住，這個花園是著了魔
的！」

注意：京都！「那在對稱風格花園裡長大的孩子」
「那並不與螢火蟲、話語、流水、西風為敵的孩子」

注意：死神剛到，正俯身那纏了頭巾的印度人而非孩
子們。

難道只有德國人的歡宴才能從黃昏開始到第二天破曉
結束？
難道夢是倭人身穿黑衣，行走於風的舞臺，在京都……

已經有什麼東西在飄落了，鬍鬚嗎，紅豔豔的京都呀
又是他，鬍鬚軟弱的人，他殺完一個人，就變成了另
一個人

而愛常常不為恨，只為遺忘，只為心的歲月才把這些
詞組成篇章。

2014-2-10

# 病歷風景

清晨，偶爾也在下午
但有兩次是晚餐後

鼻中隔左側偏曲——
見棘突，粘膜糜爛，見出血。

別怕，不要手術。請聽：

颱風中心是寧靜的
歌手如雲的岸
只有凍成白玉的醫院
低吟

請聽，華西醫生甘華田：

當那看病的人愛上了洛賽克
愛風景的人便愛上了自己的心情

注釋一：詩中楷體部分是北島的詩《在黎明的銅鏡中》。
注釋二：華西醫科大學甘華田醫生治好了我的十二指腸球
　　　　部潰瘍病症。
注釋三：洛賽克，一種來自瑞典的治療胃病的超級神藥。

2014-2-11

# 1913

客氣？不必；童年的
深冬，「甜蜜的藥品！」

注意，彼得堡，1913
海軍部背後有霍亂。

而怪人葉甫蓋尼——
羞於貧困，呼吸汽油。

在遠東，民國的江南
波浪肥腴，宇宙輕輕……

某人在曹娥清晨吃香煙

淡藍的室內真是溫暖呀
她吞下一湯匙止咳糖漿

注釋一：「甜蜜的藥品！」出自曼傑什坦姆《無法表述的
　　　　悲哀》。
注釋二：「而怪人葉甫蓋尼——羞於貧困，呼吸汽油。」
　　　　出自曼傑什坦姆《彼得堡詩章》。

2014-2-12

# 雙城記

有何可遺憾的呢？三天兩夜的火車，
讀罷搜神記又讀浮士德，可書仍少一本。

莫等閒，乘機翻作走馬觀花，看那
武林舊事、巴山夜雨，別裁兩分如下：

男詩人撒嬌哈欠裡，剛有杭城的韻律
女風琴手，解放後才變得錘子般英俊

嗯，羅隱淡妝濃抹事，蘇小義薄雲天詩。

枇杷山上，淩絕頂，重慶人懶得仰望
星空底下，萬家火鍋，重慶人樂於俯瞰：

「中華地向城邊盡，外國雲從島上來。」

2014-2-13

# 回憶

——兼贈楊鏈

她怕曠野，怕電梯，怕正午蜻蜓的翅羽聲聲
怕一本書唯讀了一半，小小的安徒生，失眠……

他的背影是她舒適的黑夜，波浪般涼快的枕頭
魚兒已睡去，那把精緻的小鋸子還有何用？

蒲寧的冬天真像安徽呀，畫苑牌香煙宜於隆冬
回憶……琥珀沒有潮濕，鼻子的學問深似大海

回憶，兒子式溫柔的回憶，在馬鞍山一間家庭佛堂

2014-2-14

# 小學（一）

鋼廠橘樹園，多麼清潔！
勞動悠悠，從小學開始
一枚鐵釘，接著又一枚

但為何有一泓重慶幽潭
但我們活在一九六四年

上清寺冬天的清晨，唯一
牛角沱明燈醒目，唯一
菜場的燒餅，兩分，唯一

燕子在江北的山巔起飛了
女老師為美而屏住呼吸？

「看在世界的複雜性上」
我們靠小手哈氣，獲得熱量。

**說明：**

如下是對此詩第一節的說明。

有關我自己尋鐵的往事，我依稀還記得一點：那是1965年的秋天，我所在的重慶市大田灣小學校組織了一次全校拾廢鐵活動。我跟隨全班來到郊外的重慶鋼鐵廠「鐵硬的」廢品場，一條鐵路在此經過，兩條細瘦的鐵軌鏽跡斑斑，我在軌道的碎石縫隙處，會找到一枚生銹的鐵釘或一小塊扣子般大小的廢鐵，但我並不興奮，唯在秋風中邊走邊觀望著周遭寂寥的景致，覺得一陣陣舒心的迷惘，那古怪的快樂，我至今也無法用語言來表述，但我第一次認識了鐵軌，以及它很可能或註定將把我帶到同樣迷惘的遠方，那怎樣的遠方啊……

2014-2-15

# 地學一種

1.

天空懸錘，眉山禿頂，讀來顯得緊急，別怕
我至少不會「在鐵製的襯衣裡度過一生」。
慢下來，厭煩老人的孩子，看那黃昏的一瞬
——「佛教的夏天多麼華麗」！但我仍不高興。

2.

為道德完美的橘子？為人類身體的馬鈴薯兄弟？
南京的氣壓超凡脫俗。莫斯科何在，往下想：
並非只有曼傑什坦姆拒絕了一種勞動的淫蕩
我們亦早從雲南醒來，放棄為苗條的呈貢工作。

3.

我開始懷念重慶的體育，在野蠻中揮汗，春天！
而冬天豈止宜於幾何，我愛上了物理學及電路圖
還有明星般的日子——她炫耀著藍色的阿斯匹林。
初中「不許你去學駝背」青山時代也是革命時代——

4.

歷史老師的鷹眼正值離騷，直逼法國（他在戀愛）：
巴黎公社淪入「血腥周」，「梯也爾這個侏儒怪物！」
現在是二〇一四年，喉頭爆破音偏從丹江口傳來：
喝下去，伏特加！不是蘇聯，不是波蘭，是瑞典。

2014-2-15

# 重慶學田灣，別害羞

秋千一架，因飛起而發熱
香樟成林，因奔跑而昏迷

避諱，劉克敏壽限長過嬰兒
避諱，劊子手當街翻檢相書

烏雲下的驚雷呀，吳文英
臨江就勾出了南山的金邊飾

鳥兒受疝氣之痛呀；糖尿病！
「那一輪愛上餓狗的殘月」

怕什麼，重慶學田灣，別害羞：

當每一個人都是波德賴爾
他也有一個天主教的光頭

誰說那賣報人沒有但丁的痛苦
他甲狀腺一腫大，空氣就變肥

2014-2-18

# 想到波蘭

想到波蘭，就想到一條飛魚
想到夏日的維斯瓦河，維波羅瓦……
想到那個女詩人，她寧靜的命運總是圓形的？

葡萄酒如血，賣肉者如肉……
偶然。在眉毛的拱門下——燕影——井水！

請轉告波蘭人：恐懼的人也是空虛的人。

那曼傑什坦姆「回到了故鄉的軍艦鳥上」，
他像潛水夫一樣消失。我將用泥土捏出一個大西洋。

注釋：維波羅瓦（wyborowa），一種波蘭伏特加酒的牌子。

2014-2-18

# 款式知多少

巷子的款式，風的款式
只有飛奔的森林年輕如雲

睫毛——小扇子的款式
集訓！少年莫箚特穿上軍裝

天空——我的鮮宅的款式
那中彈者臉色，白如婦女

下午的單簧管，秋天的款式
他決定「急忙成為一個節儉的人」

「手風琴還在徘徊，胳膊肘在忽閃！」

我一直在小學操場等待音樂課結束
火車鳴笛，老人呼吸著少先隊員的款式

2014-2-18

# 有所思（二）

眼淚，韓愈，一克重？
這也沒有什麼意義。
眼淚非同情，只為自己

不得了，貧農何為？
公社報廢經年
如今到處都是富農

「這是真理報的第一版」：

在未來的光輝歲月裡
你將被稱作毛澤東式的……

而吉洪諾夫不可能在東山
他的蘇維埃幸福已作古。

2014-2-18

# 對句

樹上的李子值得憐憫
掩藏溫柔的工人值得憐憫

我喜歡你睫毛上冰涼的祖國
「我喜歡你郵政——電報的白髮」

黑楊樹——驚恐、顫慄！為什麼？
戰爭！「市場村婦的寬度壓倒了半個宇宙」

2014-2-18

# 為華西醫大而作
—— 兼贈趙宇教授

無疑，蔚藍不忍受白皙。
無疑，消融不是消融術。

「無量春愁無量恨」
陳獨秀痛哭蘇曼殊……

告訴我，華西醫大趙宇教授：
那離子真的也絕非等離子嗎？

電話兩次響起，接還是不接？

二月，有人去參加院士考試
二月，有人的壽限已被推遲。

2014-2-19

# 田海林

嘴唇的形式，煙的形式，牙齒三歲的形式⋯⋯
一個歌樂山─美國─廣州─田海林─偉大傳奇的形式⋯⋯

拂曉四點二十分，你的身體進入中國南方的夏天：
白晝，很慢；天黑，很慢；人和其他動物，也很慢⋯⋯

可年輕時，你比徐聞還急，比猝死還急，比射精還急！

故都，它的美很可能就在十九歲，在雙流縣的一個下午？

誰說的：誰遇見倫敦，誰就不幸；誰遇見美國，誰就老去。

2014-2-20

# 田的一生

告別始於童年一個春晚，我在成都完成訓練。
長大了我去北大研究海明威，接著我又準備
在重慶翻譯奧登，恰值放棄了葉芝三小時後。
唉，怎麼說呢，很可能是另一個春天的晚間
當我剛穿上一件女式短披風，一切都改變了。

我可真是快呀，一秒鐘，就坐在了廣州的銀行；
下一秒，我就結婚，生下一個女兒；下一秒
我到底是先出現在洛杉磯還是三藩市？急呀
來不及了，我這一生，如果還能剩下三十秒，
讓我想想，我最該感謝誰呢，祖國還是美國？

茅屋為秋風所破歌從來沒有激怒過我，心飛揚
那可不是哲學而是油條讓我在美國作客三十年！

2014-2-20

# 遊於藝

雖說蛾眉兩撇，一在並州，一在貴州
可她說張開弓她就思念那些獨乳女人

左手無聲，從紐約直入滎經一間瓦屋
青春，我記得他的黑！而右手專屬印度

生活！——走來走去的人，夜不收的人
等待郵件的人……年輕的Sibyl——

樹葉起飛，嘴在天涯；寫作，意味著遊戲？

注釋一：「可她說張開弓她就思念那些獨乳女人」，此句
　　　　參見茨維塔耶娃的詩《女人的乳房》。
注釋二：Sibyl（古代希臘、羅馬的）女預言家。

2014-2-20

# 黑

「綠煙和雨暗重城」之後，紅雲……

紅之後，紫；紫之後，烏；烏之後，黑！
「──唉，森林多麼黑，多麼黑！」

還有更黑的大海，無鬍鬚的游泳家已經潛入
（他臉色多麼年輕而驚愕，剛剛由白變黑）

──往下游，往下游，黑！

黑「潛入時間，彷彿潛入海洋，不驚動海水……」

2014-2-21

# 四季閒人

晨燈驚擾了燕子，那重慶
之冬，短長亭成了斷腸亭

濕度大、雨將至，悶騰騰
無酒，什麼又令你醉騰騰

夏至，山寺入涼，那閒人
枕流懶思，翻作枕流睡去

喜涼天氣已涼天，那南京
一頓酒是閒人該忙的事情

閒人，湖心魚吹，白浪遊鵝
閒人，風雨如晦，雞鳴不已

2014-2-22

# 追涼——山中小寺

榆莢潮濕，堆在牆角
趁三天，五天光景；
明燈一盞，細細柔柔
剛初見，便覺安心。

何來可憐？在山巔
我們總是從左邊開始；
每當夜半，我們的心
又總是傾向於鬼神。

席地幕天，久坐多愁，
但並非說你閒來無事真病了；

可惜「花飛有底急」……
但並非說你詩歌無才是所悲。

2014-2-23

# 下揚州

眉來眼去，無事吃煙
清晨皮包水，終難免

聞風若蜜，飽食觀魚
水包皮下午眾生平等

快！出名趁早杜司勳
快！退休要早袁子才

當「此身飲罷無歸處」
那「玉人何處教吹簫」

注釋一：自古以來，揚州有上午「皮包水」、下午「水包
　　　　皮」之說。也就是，揚州人上午去茶社吃細點、
　　　　品茶、清談，當然其中也有生意等等，喝一上午
　　　　的茶，自然是一肚皮包裹著水了；下午又去洗
　　　　澡，揚州人洗澡十分特別，用大木桶當澡盆，人
　　　　泡在裡面，自然是水包著皮膚了。從這裡可見出
　　　　揚州人細膩、講究、頹唐的生活。
注釋二：杜司勳，即杜牧（803~約852年），字牧之，唐
　　　　代詩人，杜牧曾官司勳員外郎，故稱。李商隱為
　　　　杜牧寫過一首詩《杜司勳》：「高樓風雨感斯
　　　　文，短翼差池不及群。刻意傷春複傷別，人間唯
　　　　有杜司勳。」
注釋三：袁子才，即袁枚（1716~1797）清代詩人、散文家。

2014-2-23

# 到江陰

——贈龐培、鬱志剛

徐霞客，是一個景點
誰不知劉天華劉半農

上官雲珠的美在童年

可我青年時代的老師
是顧綏昌不是胡山源

暮雲遲遲，老人遲遲
楊柳輕輕，酒亦輕輕

長河啊我選冬天橫渡！
悠悠，幸福人在江陰

說明：

　　詩中六個江陰人名皆不注釋，讀者可百度一搜便知。

2014-2-24

# 求精中學

**1.**

陸龜蒙才說那綠鴨兒話多
彭逸林便持燈上了小樊樓

指顧間，剛好雙橘是霜橘
指顧間，江南江北一般春

衣錦畫行消得永晝，非關
梅妻鶴子，凡我同盟紅馬

春歸不肯帶愁歸，在重慶
是她春帶愁來，年年六中

**2.**

那物理老師從墊江來？週末
他在二樓修一個電爐，求精！

那英語老師下午思玉？餅乾
他吃了少許，笑少許，求精。

那語文老師名字直逼董仲舒
可臉白已超越1972年的性感

那政治老師的美，永在初秋；
初秋，我愛上了英俊的排球。

那總披著圍巾的數學老師呢
他更喜沁園春，而非微積分？

2014-2-24

# 今昔

秋思懷春意，好語花難比，人間只是錯過
野馬驟塵埃，萬里剎那間，滿眼都是今昔

八百年後，為何他無事袖手去，懶做旁觀人？

因為辛棄疾早就說了，要新詩準備廬山山色
因為天涯烈士已經被曹操當了，在東漢末年

2014-2-25

# 抄風

李商雨蕪湖抄星之後，風轉成都。

眼前江山，此地生涯，我來抄風：

連龜尖風我都寫過，還有何僻風？
但休說那平凡——狂風暴風微風……

「一樣春風幾樣青」；還有東風惡
「說與西風一任秋」；又有風波惡

突然，「此語更癡絕，真有虎頭風。」

風呀，為什麼萬事冬來都飄零……
老境只與少年同，非魚不知魚兒苦！

2014-2-25

# 閒筆兩束

（一）

蔬書魚豬，湖南香臘……
八百料理中多少白白紅紅

湖南堂客明秀，堂客勸酒
一杯一飯，生活誠樸。看

誰寫蘭亭小字，老去情薄？

曾國藩勸四弟要勤勞早起
齊白石「人間八十最風流」。

（二）

火鼠論寒，冰蠶語熱，百年前：

重慶，你獨坐一株黃葛樹下
廣州，他陷入一份叉燒肉中

成都人不談經濟，唯詠虛玄
南京人下筆千言，立等可取

冬天骨冷，胡宗南還住西湖？
元宵後春寒在，牙齒痛淚流過。

　　　　　　　　　　　2014-3-1

# 地學二種

文反楊雄，詩發重慶；巴人唯種樹書可讀？
梨花風雨時節，並州剪刀快，燕子年年來

有時，我想一個大提琴手在廣州人海裡老去
而三百篇正值青春，學易人剛從五十歲起步

你說，人面不如花面，舜蓋重瞳，羽又重瞳
你說，人怕淒涼，當栽竹，「宜醉宜遊宜睡」

1919，養鶴去，北戴河有個道士；此景北方
亦有：小紅橋邊小紅樓，小陽臺上小闌幹

拍遍炎來冷去！「恨如新，新恨了，又重新。」
革命更如是！人多、混亂、火車……在俄國
當小學老師可以改變世界，酒是全民萬金藥

2014-3-2

# 南京（一）

你走動，多麼漫長，整個南京才走動
你親吻，多麼漫長，整個南京才親吻
小寢室裡空空，你就用電熱器燒開水
1989年二月，寒春溫暖，我們談起從前

我的爸爸和媽媽，他們年輕時在美國結婚
生下我哥哥，一個喜歡法國小說的科學家
我的姐姐，她還在雲南；我從雲大到了農大
故事很長，我的回憶剛剛開始，一千零一夜

未來，一首又一首詩，獻給一個確切的美人
未來，穿上這件毛衣，承諾：牽著的手別鬆開

給我寫信吧，永遠……用中文……未來……
突然，風豈止拜倒你腳下，風過氣絕，死在你眼前

2014-3-3

# 摘古記（一）

詩讖！「春盡花宜盡」，《煙中怨》，在江南

蘭舟催發，春江深夜，那「精爽隨君歸去」
《離魂記》裡，倩娘多出了一個身體，蜀地。

「樓中燕，燕子樓空春日晚」彭城佳人何在？
蘇東坡「東坡肉」後，燕子樓中夜夢關盼盼

而蔡州有一個故事，「天外一勾殘月帶三星」
少遊宿酒未醒，雞啼喚起，肚子怕著了涼意？
暢道姑「瞳人剪水腰如束」蔡州，還有個故事。

青鳥殷勤看，學仙玉陽東，「相見時難別亦難」
道姑，她姓宋？神仙中人也，又道是心有靈犀。

微微綠來薄薄紅，冬郎的詞癖才是詩人們的詞癖

2014-3-3

# 致呂祥
　　—— 從寶應到新西蘭

水邊瓦屋，半山人家，春魚如墨，這可不是一等……
「酒樓青旗，歌板紅牙」寶應何來烽火揚州路的氣場？

瀟湘涼意思，總是……天河吹來了楚颱風，總是……
同樣的黃昏燈兒，吾友小呂，你那邊惠靈頓夏魚銀亮。

人命畢竟消磨去，神仙終須閒人做，陸遊還是少遊？
北島還是南島？新西蘭——人類最後的天堂！

這是一閃呀！我的祖國！在一個春雨瀟瀟的黑夜
那學生樓前一架披著雨衣的自行車突然嚇了我一跳。

注釋：新西蘭由兩大板塊構成，即人們通常說的：北島和
　　　南島。

2014-3-3

# 橘子

橘子，第一個跳出來，很突然

燈，幾點，沒入日本式的黑夜？
精緻麼，逸樂橘子，發條橘子

橘頌後，有人說橘子是易哭的
有人說橘子是中國哲學的源頭

而你說：「經典的橘子沉吟著」
橘子——青年德國初冬的漢風

橘子——人生；橘子——幾何
橘子關乎儒佛，亦關乎西醫學

橘子宜於梁朝，因梁朝是紅的
也宜於唐朝，因唐朝很瘋很紫

共和國的皖南呢，橘子並不合適
因為我們已經有了紅星鎌刀斧頭

2014-3-4

# 韋蘇州小相

寫罷追涼，便去追風
茫茫元氣，誰知其終

永定寺畔，春清縹酒
從風紛紜，幽幽難眠

韋蘇州晚節更樂放逸
「采山因買斧。……」
「淒淒去親愛，……」

這宵遁人才是那肥遁人

2014-3-7

# 間諜（一）

夜耿耿，魂憧憧，風騷騷，霜皚皚
……《辯亡論》後，你懂的

在南京，後宰門至富貴山一帶

亦有一個間諜叫曹無傷
他心無近憂而臉有遠思

「……直到厭倦了童年，
這顆心才歸於平靜……」

無線電，無線電，思無邪！今朝

深秋，無人來，「舍南舍北皆春水」
讀罷《客至》，飄零一杯酒，逸興遄飛

2014-3-8

# 南京（二）

星星白髮，觸事感懷，南京，
夜裡的光總是那麼古老暗淡；
椴樹失蹤，梧桐當道，雪松
鐵硬，唯梅花驚變為梅花黨

很快，就沒有人知道你們了。
生活繼續，鶯飛草長，春天
住在這裡的一對新年輕夫婦
同樣會在這株櫻花樹下飲茶

南京，梅花黨活著，不如說
重慶，一雙繡花鞋，也活著；
童年真散步於嘉陵江大橋嗎？
心呀，剛飛過南京長江大橋

事越虛幻，思越沉湎，南京，
長路在最後一天總顯得太短；
可從童衛路到棲霞寺，張鳴
登上陽臺，用了一生的時間

2014-3-9

# 之外

人情往來亦是光陰往來
美女生燕，嬌童出鄭，江南採蓮⋯⋯

之外
在吾國，我們也聽到：
抱疾人說，要帶病延年。
割膽人說，要保命養性。
君平公說：生我名者殺我身。
陶淵明說：歸去來兮，請息交以絕遊。

之外
在羅馬尼亞呢，依舊有中國氣功
赫塔・米勒說：那男人的命根可挑起半桶水來。

之外
在波蘭的一顆小星下，男人們生寄死歸
女人們竟恍如謝朓，「歸來薄暮，聊以永年」

2014-3-11

# 蕭綱慢臉

江南燠熱，桔柚冬青，蕭綱慢臉
北國閉寒，楊榆遲葉，策蘭晚嘴

傷如之何，紅鼻子馬星臨，重慶
歡如之何，金薔薇，吾國小清新

總有一匹白馬朝向西方，且不顧
總有一條熱帶魚—孔雀—來我手裡

水穿石，風出石，奔跑三十八秒

讀古城會正好撞上陰陰夏日，我
的童年便是借書還書，登上樓梯

注釋一：《金薔薇》，巴烏斯托夫斯基散文集，曾於1959
　　　　年至1983年風靡中國。
注釋二：《古城會》，一本講述劉、關、張在古城相會的
　　　　故事書。

2014-3-11

# 在長沙

在長沙，樹下吃酒人，埠頭渡水人，莫問桃花消息，
細語裡有喜語；洛浦，一個河神？唉，我要睡去⋯⋯

「人惟一丘，亭遂千秋」，各有可愛
森聳的竹林，如海浪，傾倒過來

重新長大吧，我已聽到了你前世的笑聲

在長沙，水白樹老，獨缺娟娟⋯⋯
鳥因身體起飛，鼓手因寂寞在三八節紀念你。

2014-3-12

# 地學三種

庭鶴雙舞，未必非在南京
九枝燈，倒是典出六朝
（參見沈約《傷美人賦》）

白沙有井，衡山古楚地
湖南，仍然是值得期待的！

「豔紫淩朱，飛黃妒白」
三百年後，江西會出一個詩人

春余南山，又見火鍋重慶
風吹樹而香細，浪激水而魚遊

音樂絕不要重金屬了，要什麼
回到南朝，薄動輕金，香港？

小國寡民呢，郵差動情
智利嗎，不。上海──人人寫詩

2014-3-15

# 鼻子

幽並遊俠兒又能做些什麼呢？
一代又一代，疾進夜銜枚，戰鬥朝浴鐵
——魚雲乎，魚麗乎，魚鱗陣！

那掩鼻走來的人知道你不喜歡她的鼻子。
可楚王並沒有寫詩，大怒：「劓之。」

在《源氏物語》，末摘花有一個白象的鼻子。
在池尾，禪智內供仍蕩起他那六寸長的鼻子。

2014-3-16

# 飲食起居之表情

靈之下，若風馬，幾番敲涼
家住成都，才過了驚蟄春分

菜難吃是不道德的。誰說的
生活在食堂，黑臘肉在高窗

後巷風，吹乾晾曬的薄衣服
僅一個白天，便沒人記得了

保密？我初中的政治老師呀
細細想，到底該派誰去做報告？

2014-3-18

# 非此即彼（一）

中國舞者不是大垂手，便是小垂手
偉大的恒星，需要一本書與它較量

兒童的前途總是渺茫的，老師不好！
理髮師的修行並非理髮，而是喝酒

在吾國，英語比中文重要，作別延安
文藝座談會上的講話，歡迎司徒雷登。

注釋：大垂手，小垂手：《樂府詩集‧雜曲歌辭‧大垂
　　　手》題解：「《樂府解題》曰：《大垂手》、《小
　　　垂手》，皆言舞而垂其手也。」《北堂書鈔‧樂
　　　部‧舞篇三》：「大垂手，小垂手，像驚鴻，如飛
　　　燕。」另，蕭綱有一首詩，就叫《大垂手》。

2014-3-19

# 生活

友誼七年，傷痛兩分十二秒，
之後，她就消失在生活裡了。
一晃，又是兩年，某個下午，
她像幽靈一樣，浮現了出來。

生活透過天窗綺井吹來涼暖，
「離光麗景，神英春裕」的
蘋果樹林還在嗎？正午還在。
那修長的刀片呢，去了哪裡

2010年春，人間依舊，梅花
剛謝了，一株輕槐恣風細引；
燕子已從南德的黑森林起飛。

可為什麼一定是1917年夏天
莫斯科人說，生活我的姐妹；
有個四川人則說，生活袍哥。

2014-3-20

# 風景（一）

北碚
「春陰江上來，桃花含雨開」

西湖
晚浪嗎；晚浪，築波山下……

於是，我們觀察川魚：

急水衝擊著陰天下發亮的窄魚
一隻鳥兒站在木筏上

楚客臨風，蜀人玩竹，吳人摸魚？
需知：水面綺麗，莫如說水面平靜

2014-3-22

# 風景（二）

山氣裡有一個日落
歸雲裡有幾許雨意

「江暗雨欲來，浪白風初起」

空殿陰陰，寒氣襲人
總有什麼東西向暗中聚集？

哦，那是
石橋的黑影聚攏了一團行魚

2014-3-22

# 致澳門

寸陰含萬慮，百年耀榮華，澳門——永利！
我們在真珠紅裡「圍棋賭酒到天明」……

那葡國人儀表赫赫。那華人矮矮、嘴快。
在婆仔屋，午後景致變異，古樟二株奪目。

春鳥不驚，怎麼辦；夜犬安詳，怎麼辦
雨乃潤，風乃薰，維新人翻作維舊人，鄭觀應。

2014-3-22

# 南京，一九八八：出夏入秋

那是南京農業大學的夏天，
無人的、綺樹染金的夏天，
培訓樓一樓的自來水冰涼，
南風和太婆輕佻，暑假迢遞：

我們喝完兩三壺瓶裝啤酒
尷尬如一首詩，川大往事……
楊怪客是一個奇人！小心
閒夢君，後宰門有無線電。

我獨自飲著山楂酒，想念
隱形眼鏡，想像未來，秋天
哐的一聲到了：南農燒雞，
敏感體育老師，湖北瘋詩人。

在游泳館學跳水的人，也是
在黃昏，談論羽毛球的人；
洪幼平、徐為人、楊千里；
忘了那健將的名字，真遺憾。

孫飆！醫學還是排球？魷魚
還是干貝？還需要些雙溝酒。

夜來臨，呂波衝刺時，彭偉
婉君時，德吉獸醫又浮一白

呂祥的鯽魚湯呢？小揚州呢？
那鍋爐工真愛看三言二拍哩
那學生高喊：overwhelming
我終究笑了（二十六年後）：

南京，連我都老了，誰還能
「徒然嗟小藥，何由齊大年」？

2014-3-22

# 走

今天，我們去散步，那散步人想起了什麼？

那人走起來像神，跑起來像幽靈。
那另一個走起來像壞人，跑起來像燒工。

總得走呀，陶淵明襲我春服，走向南山
莽漢詩人上山下鄉，大步流星闖蕩江湖

紅軍長征，胡蘭成亡命，紅衛兵串聯，往下走
有個人在「德克薩斯州的巴黎」走，垮掉著走⋯⋯

在蘇聯，「我們的愛情活動主要是散步和談話」
布羅茨基邊走邊想，這紐約的一天，這天小於一！

注釋：燒工，在此指燒磚工或燒炭工。

2014-3-23

# 慢山

丹青萬象，風鈴樹響，神仙往來，聽我說：

是晚虹，而非婉紅，「能令苦海渡」⋯⋯
是我，而非蕭綱，打開了《法苑珠林》（卷102）

讀下去：「鬱鬱慢山，⋯⋯滔滔愛水，⋯⋯」

等等，到底是哪一個愛上了梁朝同泰寺的浮圖？
等等，請叫一聲：應真，在梁朝，而非阿修羅。

注釋：應真，佛家語，阿羅漢之舊譯。其義有二：一謂應
　　　受人天供養的真人。二謂智慧與真理相應之人。

2014-3-23

# 老詩人

沙靜波輕，日磨歲瑩，冬泳後，
老詩人（眼嫩晶亮，眼淚閃光）
幸福繼續……出西門，提籃小買：

一袋花生，半斤芹菜，四個皮蛋
鹵肉絕無蔥蒜，川北涼粉有辣椒
羊雜米粉加冬菜、鍋魁，治早洩？

午後燕子飛來枕上，女兒小垂手
幸福繼續……老詩人喝罷醨沱茶
再不說清真清圓，只說南充清圓

2014-3-24

# 風驚

說什麼驚風火扯，閒來個燈草和尚
在巴山，風驚如集廟，光至似來陳

今朝事，車胎脂肪肥肥，橘花瘦瘦
重慶之秋水！火鍋與小天鵝齊飛……

馬還是熊貓，得問雌雄同體人張奇開
氛埃十足何來清涼，春誦之後必然夏弦？

注釋一：驚風火扯，四川土話，形容人說話或動作時的樣
　　　　子：大驚小怪、神經兮兮、一驚一乍。
注釋二：「風驚如集廟，光至似來陳。」見《劉孝儀和簡
　　　　文帝賽漢高廟附》。

2014-3-25

# 臥疾詠風

杯弓蛇影是政治病麼
晨讀蕭綱《勸醫論》：

知胡麻才救頭痛之屙
麥曲反倒止河魚之疾

有人乘紅鯉冒水而出
有人歎楚王誤食寒菹

在梁朝，「委禾周邦偃」
那聲音便直逼了周邦彥

2014-3-25

# 摘古記（二）

帝京風雨，槐樹紅塵

洛霞巫雲，鯨魚點燈

古木嫩枝，新流舊石

柳青斷腸，桃紫可憐

草蟲嚶嚶，夜螢的的

浮陰染浪，清氛乘衣

石擊水圓，樹密風小

影度窗色，風移水氣

霧籠綺戶，涼入樓頭

晚橘一枚，天白一日

向鏡正衣，捲簾迎春

枚乘七發，曹植九愁

歡樂不知醉，千秋長若斯

2014-3-26

# 養小錄

人生板蕩得多麼熱切
歲月見證了魚爛土崩
任他去，我來談談別的：

優遊一刻，與支遁書
養小錄哩，樂如之何
夏天一生抽一黃瓜一笑笑

他以為他發明瞭男面
錯。面本來就屬男性
這有何可稀奇，吃麵
便吃小麵，也吃重慶！

之後你薄眼皮被翻開
刮一下；之後你來到
望江廠會見上海來的
工程師；夜裡我突然想

廣安產數學家，不等於
河南無；河南人盯著
「愛水」，想入非非……
並追問：語言是存在之家？

注釋：養小錄，孟子最愛從大處論事，比如大眾皆知他說過「天將降大任於斯人」及「養浩然之氣」等，不過這裡不談孟子的此類大話，且看他下面一段大論：「飲食之人，則人賤之矣！為其養小以失大也」（《孟子‧告子章句上》）。此話大意是：追求吃喝的人，人們就會輕視他，因為他只保養了小部分（指滿足口腹之欲），而喪失了大部分（指忽視了道德修養）。一句話，孟子宣導「養大」，反對「養小」。殊不知事實正好相反，幾千年來中國人皆「養小」而絕不「養大」。

不是嗎？如有人問中國人最愛什麼，想來想去只有一個字最能概括，那就是「吃」。吃在中國人的生活中佔有高山仰止的隆重地位，不僅普通百姓如此，就連大小文人也不例外，而且更加熱烈瘋狂。如李白瑰麗眩目的「將進酒」，白居易的「紅泥小火爐」，杜甫最後的脹死，蘇東坡津津樂道的「東坡肉」，李漁〈閒情偶寄〉中令周作人大為折服的「飲饌部」，袁枚的老饕聖經《隨園食單》以及近代文人鋪天蓋地的談論吃喝玩樂的文章，無不一致以「養小」反「養大」。

在這一場緊接一場的全民集體無意識的反孟「養大」行動中，有一個亮點人物，那就是顧仲。這一位一生不得意的清初文人可說是一位一錘定音的「養小」先鋒。他鮮明地舉起《養小錄》這部著名菜譜，反抗「養大」的姿態可謂斬釘截鐵，驚世駭俗（其實早就在反了，只不過由顧仲來一語道破）。

顧仲是清朝浙江嘉興人，從小便顯出多才多藝的天賦，但一生未取得什麼功名，只短暫入過「閩

學」，做過家庭教師。顧仲偏愛莊子，對其有獨見，有「顧莊子」之稱。顧仲曾患有下肢麻痹，火瘡等病，在病痛中度過十餘年。病後寫詩自遣，作有「蝴蝶絕句數百首」，故時人又稱之為「顧蝴蝶」。這顧蝴蝶於康熙37年寫成一部流傳後世的飲食之書，初名《食憲》。但顧仲不滿此名，他一貫就與世俗格格不入，終於有一天從孟子那段話中悟到了「養小」的真諦，遂取名《養小錄》，以明其志，即養小反養大，並為飲食之人正得一個清白之名。

2014-3-26

# 縮地術

跑步是一種奢侈——
北碚有一小段道路
是瑞士嗎？在德國
我曾遭逢了渣滓洞

精確的人是細節迷
臨三千尺山河，莫如
觀三寸風景，對面
禮拜五，賣藥人一粒

寒暑陰陽變！二秒七
縮地術造成了幻覺。
嗨，騎上它，費長房
那竹竿會領你回家。

注釋一：「渣滓洞」是一座國民黨關押共產黨人的監獄，
　　　　位於重慶市歌樂山麓，距白公館2.5公里，此地
　　　　為《紅岩》這部小說主角，如許雲峰、江姐等，
　　　　最重要的演出場地。這一帶風景幽深洋氣，道路
　　　　清潔，我與張棗1984-1986常在這裡散步（因四
　　　　川外語學院就在歌樂山下緊鄰渣滓洞），並常感
　　　　歎：此地風光恍如歐洲也。
注釋二：「縮地術」，傳說中化遠為近的神仙之術。晉葛
　　　　《神仙傳·壺公》：「費長房有神術，能縮地

脈，千里存在，目前宛然，放之複舒如舊也。」

注釋三：「費長房」，《神仙傳》：「費長房學術於壺
　　　　　公，公問其所欲，曰：「欲觀盡世界。公與之縮
　　　　　地鞭，欲至其處，縮之即在目前。」

2014-3-27

# 重慶記憶

鼻子小的人就一定睡不好覺嗎
在曾家岩，膽小者才是失眠者
他暗恨一個人看了他姐的裸體

那修長「黑人」適合當外交家
（中學英語專家殷敬湯如是說）
因此，他決定戀愛並學習法語

1977年冬末，怎麼是白市驛的
中學老師，為他兒子明年高考
收集複習資料？我則作別那些
本子裡的歷史地理政治和英語

龍鳳公社書記很白，知青書記
更白，他在任何時代都是白人
北大學成了德語，去美國經商
譯完美學，消失在紐約人海裡

司機的兒子機敏，說話有顫音
一生從事包裝，起因是從小與
公務員姐姐及兩三個高中同學

一道讀紅樓夢，現已歡度晚年
（登山、下棋、喝酒，不等死）

「我是美國人。」工程師的兒子
在電話裡向我宣告，「我的兒子
已從麻省理工學院動力學畢業。」

在華岩寺，學生證購票可享優惠
65歲以上長者憑身分證驗票入寺
1.2米以下兒童免票；我想到了
女商人法相莊嚴，也有一個兒子

貴州總是出美女呀，蒸汽火車向
重慶運送著豐腴，張高東的表姐
──我的洛神！我的中學時代！

唯老紅軍的兒子老實，他的眼睛
又亮又小，愛好和平的臉往上翹
專等一陣哭風來吹他肥嫩的雙下巴

2014-3-29

# 南京（三）

每每初夏，你的頭髮稀疏多油
從中我認出了你母親的神經質

並非一定在波蘭，也在南京：
「……我們出生時毫無經驗，
我們死時也總是感到陌生。」

何謂祥雲？那金色的或藍色的
黎明，我看見的卻是鐵雲一束

走出去，隨便逛逛、看看……
滿耳的雞鳴寺，滿嘴的玄武湖
滿眼的夫子廟，滿胸的中山陵

最後是什麼東西使我們分手了呢？
是歲月，歲月，那一筆雕鑿的歲月。

注釋一：「……我們出生時毫無經驗，我們死時也總是感
　　　　到陌生。」此二行詩是波蘭詩人辛波斯卡的詩
　　　　句，出自其《任何事物都不會再次發生》。
注釋二：「一筆雕鑿」（一比吊糟）是南京土話，必須用
　　　　南京話來讀；意思：百度一下，你就知道。

2014-3-30

# 巧合

1.

她小臉緊致如早春二月
肚子卻升起了一個落日

瞎子已說，電工的女人
再穿兩件新衣就要死去

2.

從早到晚少年們用熱尿
猛轟那未老先衰的松樹

女人並非只為自己哭泣
她一著急，欲吞下兒子

3.

那吃飯慢、射精快的人
假動作多，毛巾鐵般硬

我替你感受了咯吱窩的
命運，替你體會了肉的
平滑，五十歲的烏托邦

4.

他習慣躺在中國墳墓裡
他還帶著一個寧波笑容

他津津樂道地說：「一個
男人要是沒肚子那就是殘廢！」

2014-3-31

第二季

# 夏

# 讀顧況茶賦

魚受驚於聲音，
「女人的皮膚裡有風。」

無茶勝有茶
夢裡還錢，懷中贈橘，雖神祕而焉求？

在成都
那攝影師已死了三小時
但他的衣服還可以活一百零三年……

2014-4-1

# 小小寺

歲月逝矣，江山如故
進香人並不知老之將至

「上有日星，下有風雅。」
小小寺，我們正好午間抵達。

廣州麼，還是香港，讓我想想
到底哪一邊是周風，哪一邊是楚騷？

2014-4-1

# 非非（一）

歐陽修作《非非堂記》，說是是非非
「是是近乎諂，非非近乎訕」；而詩
──「所謂愷悌君子者矣」。

風雨夜來，動人心深，非非……
「我是腰間掛滿詩篇的豪豬」，非非

非非，讀宋人石介《根本》，想到
那從早到晚說要把根留住的林電工
已作古多年，陳子弘一定記得他，川棉廠！

為何青春非非，敵人反對的我們就要擁護？
為何土耳其人非非，他們會在德國開蔬菜鋪？

2014-4-3

# 因此

因此
風月相宜即光影相諧矣

因此
我讀死人的詩，在樹下

因此
生為英，死為靈
蘇州，夏日蒸燠，熱得不能出氣

因此
她在鄉下的老床上就會有些放蕩

因此
這世上，我記住了每個人走路的樣子
每個人說話的聲音（每個人都是獨一無二的？）

不是嗎（補充一句）：
蘇丁走路的樣子像他的媽媽；你說話的聲音更像！

2014-4-4

# 小學（二）

人越老，皮膚越乾越冰涼
驚回首：我的故鄉，重慶

牛角沱神經，大田灣小學
口腔！李必秀校長的語文

課真美；年昭樑呢，永恆
的數學老師呀，你死了嗎？

五十年生命重返濃蔭鮮宅：

那正吃著小麵的阿娜少女
那正吃著回鍋肉的少年神

那白皙並專打人鼻中隔的
走起路來很慢的花花公子

2014-4-4

# 圓

生之有涯，而圓無涯⋯⋯
圓眼睛、圓寶盒、賴湯圓、同心圓⋯⋯
中國人無論貴賤，同意，就畫一個圓

年輪或漣漪，一圈又一圈⋯⋯

有信來自天津：火到豬頭爛⋯⋯
那豬淚一滴，也是圓圓的
誰的淚滴又不是圓圓的呢？

徐州男人既尚武又嫵媚，臉圓圓的
那愛看申報的太監叫硬劉，臉圓圓的

而如來，其實就是一個圓臉，笑圓圓的。
而「喉頭周圍是算計投下的圓圓小陰影」

2014-4-5

# 漢人的旨歸

他臉上七點鐘，他迎向晨風
風呀，有朋自遠方來不亦樂乎

那武器和平，僅因為鐵銹嗎？
也因為君子不器（漢人的旨歸）

紙因雲杉變酸，酸使藍紙變紅
看危機四伏的紅色！玫瑰裂變

江南製造局非要追求現代性麼

我突然想起T.S. Eliot的白金絲
也想起流浪漢不是熱醒便是冷醒

2014-4-6

# 戶外

有箭就要射出去，有錢便要用出去
人，尤其男人，總是不停地走出去

風吹著即將入土的棺材時，不要說話。
無事情做時，徑直去商店買一顆針吧。

孤獨的人總是感到飢餓，要吃……
一路吃下去，吃到哪裡黑便在哪裡歇

花園的安靜與曠野的安靜是不同的
戀愛中牽手與性交後牽手亦是不同的

2014-4-6

# 鍋爐工

年輕真好，不僅可以當教授，
也可以當水電工，甚至搬運工；
我卻更樂意當農學院的鍋爐工，
這樣我白天讀古書，黃昏上班。

室外三言二拍，鏟煤是一種運動
「心鏟在手中就成了秋千」如同
「呼吸秋千」優雅地搖擺起伏
但別站在樹的影子裡，那是找死

勞動，人鏟合一之「雙人滑」
勞動，不必在人海裡洗風沙澡
勞動，歲月的音樂只面朝孤獨

不要華爾滋要擊劍之姿。低聲問：
真的是鄉間寂靜造成你的耳聾嗎
讓純粹的痛去掉那等級制的悲哀。

注釋：詩中相關意象參見赫塔・米勒《呼吸秋千》，江蘇
　　　人民出版社，2010，第73-75頁。

2014-4-8

# 斷章

觀瘦月一彎不在奈良
而在烏魯木齊
因為
那維吾爾學家
剛推敲完一個句子

醒來
長河落日圓
豈止塞上
博爾赫斯已說了
也在愛哭的阿根廷平原

2014-4-8

# 試問

圖書館有一種冬天精神
請回答：為什麼死是多
生是唯一？為什麼他要
堅決反對那株年輕黑樹？

繼續問

痛新鮮，癢成熟，苦呢？
時代在變，大圓臉失寵
酒太女性了，自行車呢
吾國為何一直有一腔渴意？

往下問

詞偏愛從左肩肉中蹦出
物理學家偏愛超現實頭盔
緊貼時尚的胸脯搞錯了麼
「因此生活最終是褻瀆」？

2014-4-9

# 消息

說肉體脆弱，莫如說米脆弱
說「句芒一夜長精神」莫如說風！

「臘後風頭已見春」——
陌生人硬遞給我一封短信，何苦！

唉，常常我們並不想要的東西
又是我們不能拒絕的東西。

終還好，春眠，不覺曉……

我突然想到寒武紀有一條蛇
經隋朝，來到闐中城一戶人家
看！它當場變成了一隻貓的尾巴。

2014-4-9

# 金陵之夜

還醒著，潮打空城寂寞回……
那可不是一夜、數夜，而是永夜

忘卻，在深夜梳頭之間際
痛，當然會讓年輕人怒氣衝衝

總有什麼晦澀的吧，金陵失眠人

翻作夜市千燈照碧雲，又來醒著……
一個民族若美人，夜夜醒著……

有沒有一門青苔詩學為你的中山服著色？
有沒有報春花是非農業的，欲去上海？

小心！
曙色的鋼盔開始發亮了！
年復一年，王謝堂前雙燕子要飛上電線。

2014-4-9

# 猛回頭

一個人切莫走進暗涼森林，
那真是會令你發瘋的呀！

西人雲（名字略去）：
「壽命長，多了懼怕，少了勇氣。」

那倒不一定。杜甫早就說了：
「誰能更拘束，爛醉是生涯。」

猛回頭（並無警世鐘）：
小學老師天天講小樹成長的故事
還有雷鋒之歌，也有比爾蓋茲之歌……

可在恨的學校，我是全年級倒數第一。

2014-4-10

# 東坡翁二三事

三更天氣，顧影吃酒，東坡翁若有所思而無所思：

黃州，1083年10月12日，與張懷民夜遊承天寺
何夜無月，何處無竹柏，但少閒人如吾兩人者耳

滿空疏星，兒子睡去；大海危險！我念念有詞：
「天未喪斯文，吾輩必濟！」吉祥天果然行雲

我笑那釣魚人韓退之，不知走海者未必得大魚也。
我笑那平淡者，不識真平淡，平淡乃絢爛之極也！

2014-4-10

# 越州晨起

越州天氣，風輕日永，江山細秀
而昔賢往矣，天下事難免寂寞……

晨起
鄉人動手動腳，勤勤懇懇，藏道畜德
隱於耕隴、釣瀨、屠市、醫蔔、魚鹽

晨起
那小浪人從容，在諸暨客舍朗讀陸佃：
「水轉抱轉清，山轉望轉碧」……

晨起
我想念千里之外，唐庚之《鬥茶記》
一碗明前茶最宜於雨紛紛之清明時節

2014-4-11

# 夏至

太宰治說我這一生出過不少醜
西門媚便說道：左邊與蘋果

那兒童練習鼓舞，老人不識干戈
那孟元老無論春秋，爛賞迭遊

想想，無天高氣肅，何來秋色平分
想想胡小波上席夜宴，以奢侈長人精神

夏天，宇宙要大變，一世無全人
夏天，陸憶敏風雨欲來，我開讀東京夢華錄

注釋一：日本作家太宰治（1909~1948）在其小說《人間
　　　　失格》《手記一》裡，劈頭就是此句：「我這一
　　　　生出過不少醜。」
注釋二：中國女作家西門媚在《山花》2014年第4期，發
　　　　表了一篇小說《左邊的蘋果》。
注釋三：孟元老，宋代作家，其代表作為《東京夢華錄》。
注釋四：胡小波，成都商人，早年為四川大學「第三代」
　　　　校園詩人。
注釋五：陸憶敏，上海女詩人。

2014-4-12

# 為何寫作

天之酒星，不在於天，要化為人間酒徒
春夏體輕，我們反烏托邦！正單衣試酒

醉梨賦罷睡鶴記，李俊民後，元好問解恨
紅綠如繡，讀書堂畔，（歎）濟南行記

曲阜，又是山東！孔子曰：西方有聖人焉。
（雲誰之思？……彼美人兮，西方之人兮）

George Orwell，豈止窮人是民族主義者
更無太多的一九八四！男孩們才是烏有鄉人

我，只為報復我童年時代的某個仇人而寫作。

注釋一：《醉梨賦》、《睡鶴記》為元代作家李俊民的兩
　　　　篇散文。
注釋二：《濟南行記》為金元之際詩人元好問的一篇散文。
注釋三：最後一句是喬治·奧威爾（George Orwell）的
　　　　一個類似的觀點，見其隨筆《我為什麼寫作》
　　　　（Why I Write）。

2014-4-15

# 象潟

閱過無盡山河水陸之風光，於今象潟縈繞於方寸之間。
（松尾芭蕉《奧州小道》之《象潟》）


有些事，我得在象潟才能想起：

潭太深，是恐怖的，摸上去極冷
而瀑布可笑，夏樹妖嬈並怒放

冬天，溫泉淺淺，記得童年一日
南溫泉熱氣騰騰，他頹廢得膽痛
一個預言？笑的痛又是多麼短暫

北泉風涼，最後的夏天，北碚！
兵器工業部派車來了嗎，她的鼻血
另一個阿娜白人……飛鳥，銜發夢飛

億年之後，山中養蠶人技師范秀美
轉眼來到瑞鹿寺前，見明月如見古人。

注釋一：詩中的南溫泉、北泉都是重慶風物。
注釋二：范秀美，胡蘭成（抗日戰爭勝利後）亡命天涯
　　　　時，結識的溫州女友，相關故事參見《今生今
　　　　世》（胡蘭成著）。

2014-4-16

# 在東北

在東北，酒多痰少，酒多歌少
人閒人忙，皆因人而異。

在東北，罪深之人未必適合出家
二人轉裡已唱起了誦經聲

在東北，話不吉利也得說了：
我這是厭煩，不是覷睞！

在東北，請注意，相遇事：
曙光裡，女王彎腰令人炫目
晚霞中，跪著的乞丐讓人揪心

2014-4-17

# 瓶中信

你說老杜肺枯渴太甚
我說樂天頭號快活人

你說馬爾薩斯人口論
我說清朝有個洪亮吉

人，酒話多有甚稀奇
唐朝事，竟從日本來

什麼東西在冰島抽屜
裡喘氣，他春秋來信？

大地梨園，古今詩客

過舊居，城北清涼山
霧霾也叫朝煙與夕嵐

死，在何處，在何時
並非每個人都能找到

它不存在，對信來說

2014-4-18

# 商業與教育

（一）

錢神偏愛明王朝夏天的絲綢，
蔔正民思考一個知縣的秋天。

別了晚清民國的消費與生產。

在今朝，女商人如何做生意？
徑直帶著她的鼻和筆到處走。

（二）

母親是重要的，但並非教育
一定要從晚明的閨塾師開始。

清朝是一種外來文化，繼續！

堅定的錫兵豈是一個丹麥夢，
更適合我在成都的冬夜朗讀。

注釋一：蔔正民（Timothy Brook），加拿大漢學家。
　　　　在其著作《縱欲的困惑》（The Confusions of
　　　　Pleasure:Commerce and Culture in Ming China）

中，他的確在全書的結尾處，寫來了一小篇《知縣的秋天》。

注釋二：閨塾師（Teachers of the Inner Chambers），是美國漢學家高彥頤（Dorothy Ko）的一本書名，該書全稱是《閨塾師：明末清初江南的才女文化》（Teachers of the Inner Chambers: Women and Culture in Seventeenth-Century China）

2014-4-18

# 頤之食

東海，我們吃跳跳魚
貴州，我們吃爬岩魚
……

肉豐腴、蘿蔔白，是泉州？
請問：賣炭翁呢，他去了哪裡？

工作中的夫妻總是相依為命的
高樹上的蜂蜜讓我流下了眼淚

快看，那只屋樑上吊著的風雞！
這來自南方的古早味呀

讓你突然脫下了深冬正午的皮衣。

2014-4-19

# 致王維

收鐵，收鐵，收鐵！
此車轉讓
在去郫縣的路上

學校安全
鳥就住在學校裡面

空麼？
李子樹下，那乳房唯一
無辜唯一

大連
哦，那年輕的岳父像少女
你「偶寄一微官，婆娑數株樹」

2014-4-19

# 反向

那檢察官說看黃片看得吐，
那讀詩人看詩就不看得吐？

美景何必低調如果人高調
恨賦之後，尤侗要反恨賦！

一天到晚，地從南到北
印度都在哭，哪裡是在唱

一天到晚，人不分東西
優秀的人喜歡穿奢華的衣服

2014-4-20

# 迎面

我看不到她的鼻子，只看到兩個洞孔。
別著急，中午，我聞到了好聞的炒青椒。

伊萬‧蒲寧是世上最懂豔遇的人，在巴黎
生活真長，「我現在覺得自己只有二十歲」。

那放在臺階上的挎包遠看似一條小狗哩。
你的書不也是在茫茫人海中尋找某個人嗎？

2014-4-20

# 春秋

春秋，那窄窄的重慶美人以文壽
北大哲學家的鼻子因堅貞而潮紅

廢話：丹花豔日時，愁深雲樹時
成都有何不亦快哉？考古即詐騙！

開封，「我將要把我的褲腳邊卷起」
吾友，嘗嘗這肥大的河南花生吧：

烏雲密佈的天空，都江堰一個下午
魚永恆？戰國徐州！大隱隱于屠狗

2014-4-20

# 讀吳綺

年輕時,你總愛說繁星西傾,涼風襲襲;
春閨小令,你「把酒祝東風,種出雙紅豆」

而今老嫗多情,尚可留春,又說的誰呢?
那揚州來的男詩人,年華白若處女,無礙?

了斷鬍鬚,你才過善人橋;酒人已過善人橋
(二郎腿的人是吃煙的人,剛翹入人民大禮堂)

秋天,一個老師的命數……也去倚山閣聽雨:
風吹山帶,似淡還濃;點皺波紋,方成即散

注釋:吳綺(1619~1694)清代詩人。

2014-4-21

# 走來走去的人

人生（而非多情）應笑我早生華髮
幼稚園豈可作古，孫文波縱浪大化

吃煙繼續，旅遊詩繼續，深圳繼續

風，六歲，無性別，徑直地吹呀⋯⋯
時間還長得很，我會考慮去波蘭看看

華西，「小樓昨夜又東風」，問問楊醫生
那走來走去的人到底是房顫，還是室速？

2014-4-21

# 古橘

南方，鳥獸蟲魚
北方餓鄉，醉了晨報記者瞿秋白

呼吸，
成都的天空也是新西蘭的天空

瘦香獸香——古橘
那女人昂藏後含羞，養氣後養空

隨園呢，
袁子才為莊念農作《坐觀垂釣賦》。

上海呢？
張棗為陳東東作《大地之歌》。

2014-4-22

# 梅花三弄

何謂童年（上清寺）的歡娛？霸王
「虞兮一歌，駿馬再歎，死唯玩好之戀……」

魯酒薄，紹酒厚；可切莫要挑肥揀瘦！
看：滿空星河，長夜已生起了萬憂

青春受謝半月，夏日方長，空山暖和
載鬼一車是誰？舊雨一心是誰？水涼

知夕，我便想起了張志強，六合的背屍人

庾信之小園呢，潘尼之閒館呢，今何在？
地不分南北，蔣公說，梅花三弄是鐵笛三弄。

2014-4-22

## 老人姍姍

梨樹暗暗，銀鴨輕輕，秋天⋯⋯
星鳥南旋，耿耿愁緒無際，秋天⋯⋯
但這可不是什麼土耳其的「呼愁」⋯⋯

牆垣卵石，壩頭紅樹，星期天要吃竹葉青
黃門宴集，「我們還那麼年輕，80年南風撫面。」
但而今涼臺作賦，幽怨誰多，迎鶴夢於空亭，老人姍
姍⋯⋯

當心，胡蘭成！我這一生只是一個善於根據劇本表演
的演員。

2014-4-23

# 鯉魚

放眼望：水之大，淹沒了半個白日
鯉魚有東來意（佛陀有西來意）？成都

又開門看雨，張口滿腹；黑風吹天，閃過激電

我春我夏，似驚似喜；死生有命，視今視昔
那麻繩還是三斤重嗎？那鯉魚便無所逃於池也。

2014-4-23

# 春事

這一天，涼月欲升，長日未落
這一天，哀樂中年，如在春半

春陰陰而畏寒，人就努力加餐飯

何謂銷魂事，吾友，一九八四：
那燈泡裡還有電的痛嗎？
那老太婆還真如少女飛奔起來

今朝事，不日不月，得過且過
別之為恨，別之為醉，別之為永年。

注釋：「那燈泡裡還有電的痛嗎？那老太婆還真如少女飛
　　　奔起來」出自張棗為《左邊：毛澤東時代的抒情詩
　　　人》所寫的序言《銷魂》（參見：顏煉軍編選《張
　　　棗隨筆選》，人民文學出版社，2012，第30頁）

2014-4-23

## 跪是一種心的儀軌

冬天，樹的下半身用穀草捆綁，為了避寒。
幾顆隋煬帝的牙齒像鐵蹄，何來重現人間？

鵝乃王右軍知己。雞乃宋處宗知己。豬為誰人知己？
中國文人缺少國際性，或遺憾？宏偉的世界觀，則不必！

朝長跪、夕長跪；日長跪、月長跪；跪是一種心的儀軌

2014-4-23

# 泥碧山郵

每當我讀到「泥碧山郵」
我就會想到另一個璧山
1975年深冬，星期天
重慶背篼閒逸了一次
泥土與森林閒逸了一次

我從公正大隊翻下山來
坐進橋邊茶館，璧山半日
有冷霧繚繞於一段流水
（無飯、無肉、無茶）
滿目青色裡我只關心郵局

它讓我立刻想起幾個知青
鄭宗義、鄧培富、鄧曉嵐
小賴、小柳、小黃、小趙
（每個人都歡喜吃香煙）

讓我想起一個農民付來如
我在《一點墨》裡寫到他
他像一個不愛激動的列寧
也像一個更為性感的甘地

2014-4-23

# 正酒有古歡

重陰滿空，雲積厚鐵，硬風
截面；人在古剎，影影憧憧
倏忽之蹤跡，恍覺肉飛之仙

讀英國，豬肝豈會累了安邑？

劉錫鴻說散步舒懷莫非倫敦
郭嵩燾說西洋開礦莫非吸水
馬格里曰：今日禮拜，不鞭馬。

風雨後，春燈晴朗，一夜無事
正酒有古歡，或數魚或指鹿
美人，別作什麼占籍考，玩玩？

注釋：「豬肝豈會累了安邑」典出閔貢。閔貢，字仲叔，
事蹟見《後漢書》卷五十三《周黃徐姜申屠傳・
序》。其文曰：「太原閔仲叔者，世稱節士，雖周
黨之潔清，自以弗及也。黨見其含菽飲水，遺以生
蒜，受而不食。建武中，應司徒侯霸之辟。既至，
霸不及政事，徒勞苦而已。仲叔恨曰：『始蒙嘉
命，且喜且懼；今見明公，喜懼皆去。以仲叔為不
足問邪，不當辟也。辟而不問，是失人也。』遂辭
出，投劾而去。複以博士征，不至。客居安邑。老
病家貧，不能得肉，日買豬肝一片，屠者或不肯

與，安邑令聞，勑吏常給焉。仲叔怪而問之，知，
乃歎曰：『閔仲叔豈以口腹累安邑邪？』遂去，客
沛。以壽終。」（以上這個注釋由西南交通大學人
文學院中文系副教授沈如泉博士專門寫來，在此記
錄，以表謝忱）

2014-4-24

# 1987

往昔的歡遊總在夏日
可老美人卻不太懂得
她老年動人的性感……

遺憾……

（黑水的天空，古藍雲藏
頭髮！將來自未來的南京）

回不去了，米亞羅——
那裡的流水沁人心脾
那天年輕的綺集只有三人！

二十年後，瑞典，
我們只需要造船廠和鋸木廠
我們只需要身體，思想是個笑料。

注釋：「思想是個笑料」，這句是一個俗套，類似的話許
　　　多人說過，納博科夫便是最大的鼓吹者。不過，此
　　　句也潛伏著一個更深的意思。那就是：別怕思想，
　　　要怕形式！

2014-4-27

# 在瑞典森林裡

電影製片廠在森林裡，織布廠在森林裡，大學在森林
裡，監獄在森林裡……
在瑞典，我簡直看不到想不出，還有什麼不在森林裡。

為什麼在現實中他認識了腐朽；因為在森林裡，她是
無辜的。
為什麼他要去紐約浪費時間；因為在森林裡，她才呼
吸暢達。

森林裡，偉大的細節發出閃光，一個來自烏普薩拉鄉
下的姑娘變成了一位婦人。
森林裡，宜於講述他狂飆突進的青年時代；也宜於講
述他平凡敏銳的裝卸工身世。

森林裡，她總是給人正在期待著什麼的印象；森林
裡，一個人只要走來走去就行了。
森林裡，她會下意識地過完她的一生；森林裡，我也
從她的臉上閱盡了人的一生。

2014-4-28

# 思想

如果大海—恐懼，性愛—恐懼
如果臂膀一年變得扁平寬闊
那人就愈慢愈好，愈古愈好

下午有一種童年蛋糕的味道
風從東方來：俄國天—暴風雪
日本母親有趣，南人咬文嚼字

花生米蔣介石為何揚名重慶
回頭想不應讓人性與美相遇
應讓日爾曼人和西藏人相遇

思想從裡面閃出光，臉很白
思想，片刻火柴的光，金黃
「思想是一個美人」廢名說了

2014-4-28

# 瑞典幻覺：論嘉寶

13歲，她喜歡穿海魂衫，夏日……
13歲，她歷史地理數學成績優秀。

爸爸（我害羞，童年作古），
將死的人看活人為什麼總覺得怪？

爸爸（風……茫如捕風），
這和平的樹為什麼會被狂風吹瘋？

東方經亂，泰半毀矣，可我知道
我終將有一行詩要在紐約跳出來

往下活！下面這句是里爾克說的嗎：
我無限熱愛瑞典，它到處都是幻覺。

幻覺，不祥之兆！人們早已記住你了。
幻覺，人們突然意識到，你是必死的。

2014-4-29

# 布

睡去當然為了醒來，活著
唯美，為了最初的石榴風
也為了好看的樂器，它們
都是梨形的，而非蘋果圓

生命流逝，時間早就煩了
因為
每一秒裡都等著一個死神

所以
日本兵的帽子得掛兩片布
（像豬的耳朵）
為扇掉射來的子彈？

對於美醜，需萬年才能判定
可為什麼一見面他就軟了？

對於永恆，手不僅輸給手套
手還輸給了別的什麼？

注釋：「手不僅輸給手套」出自波蘭女詩人辛波斯卡《博
　　　物館》中一行詩「手輸給了手套。」（參見陳黎、
　　　張芬齡譯辛波斯卡詩選《萬物靜默如謎》，湖南文
　　　藝出版社，2012，第17-18頁）

2014-5-1

# 吃之外，天空下

越南的天空好看，
羅馬尼亞的天空難道就不好看？
南京的天空好看，北碚的天空亦好看。

天空下
蜀中菊瘦，不及湘中。
昆明擊鼓傳花，送來一桌燕席

可惜！社會主義
——吃，失去了形式，竟談情說愛起來

臨安，15萬人全憑竹子為生；
可惜：雷筍「過夜再吃，已有隔世之感」

袁枚冷笑李漁做菜：山野之食不足道。
同感！「一周兩茬香椿」，青春便告結束

在江西，我們吃一種叫九層皮的米糕
螺螄呢我不吃，但要一把紫蘇一條飛魚

瑪仁糖兼濟葡萄羊肉抓飯，冬兼濟桂花
夏天，蝦子小刀麵；一碗燕來葷配老鴨

天空下
我們秋來吃肥肥，迎冬「貼秋膘」
那狗兒白質黑章，眼圈似腫了，為什麼？

天空下
無新奇。吃之外，待考的事一件：
晚清四川總督駱秉章，他是不是同性戀？

2014-5-3

# 北極地獄

沒有春心，何來苦悶。
那夜晚來人是一個死神
三十年後他復活了一次。

鐮倉，深黑眉毛的人呢
來自中國，他痛苦含恨；
活著，對他是一個災難

三條腿的女人赫然在目
身體已睡去，夢在思想
別說出身論但說基因論

可越是信任，越是懷疑
怒火之後，又複歸柔情

地獄一定要在北極嗎！
當那白人相遇漢語之甜

注釋：「北極地獄」出自波德賴爾《秋歌》中的一個意象。

2014-5-4

# 尋人

栽梨補棗，我要尋人
槐榆散植，我要尋人

尋人
風雨一路可證其素心

尋人
做官就是榮譽
就能騎在馬上
就能找到水源

酒後，我從花旗銀行來
紅顏小駐，白髮生春……
閒情偶寄，何必遣愁

注釋：「做官就是榮譽／就能騎在馬上／就能找到水源」
　　　（見陸憶敏《沙堡》）

2014-5-4

# 下徽州

風驚蚊宿，屢照鏡疲
關麓年年，古樹二株

金桂銀桂，金環銀環

橘不逾淮麼？你懂的
小山阿隱，徽滿江南

秋天
水墨幽奧，思想清貧
人哀於命，銅哀於風磨

注釋：「小山阿隱，徽滿江南。」（見王闓運散文《桂頌》）

2014-5-4

# 各有歸處

陽臺望
橋邊小婦，市里商家
有風有雨有行人⋯⋯
溧水周邦彥，無事小神仙

問問看
胡開文，謝家青山？

趁年華
汪元量，臨春結綺？

灞陵別後，長亭短亭
樓外樓，李太白，散仙樂

梁啟超的好時光呢？
老人鴉片煙，少年白蘭地

注釋一：「無事小神仙」見周邦彥《鶴沖天・梅雨霽》
　　　　（溧水長壽鄉作）。全文如下：

　　　　梅雨霽，暑風和，
　　　　高柳亂蟬多。
　　　　小園台榭遠池波，
　　　　魚戲動新荷。
　　　　薄紗廚，輕羽扇，
　　　　枕冷簟涼深院。
　　　　此時情緒此時天，
　　　　無事小神仙。

注釋二：胡開文，著名徽商，徽墨行家，「胡開文」墨業
　　　　創始人，清代乾隆時製墨名手，徽州績溪縣人。
注釋三：「臨春結綺」出自南宋末年詩人汪元量長調《鶯
　　　　啼序・重過金陵》。亦可參見「台城六代競豪
　　　　華，結綺臨春事最奢。」（劉禹錫《台城》）
注釋四：「老人鴉片煙，少年白蘭地」，參見梁啟超《少
　　　　年中國說》。

2014-5-5

# 那年輕的圓，老了還圓

頹廢的青少年時期
毀容的青少年時期
垂死的青少年時期
金黃、古黃、蠟黃

酒隨柳狂……
人在床上，電話突響
筆還在青少年手裡？

慘道
老鼠已吃了他的稿紙

風景中的挑水者正贖罪

災梨禍棗，重慶！
那年輕的圓，老了還圓

2014-5-7

# 成都，拜託

（為2014年5月8日午間，這一特別時刻而作）


拜託，車還要開動，生還要繼續……
溫和的、母親的、最後的，一個黃昏
——2014年5月7日，明天再見。

成都，最後的可哥布司，一個！
最後的枇杷（來自沙河），一個！

廣柑，永恆；雪梨，永恆；
貝母，永恆；百合，永恆……

冬日——愛日；夏日——畏日
川棉一廠何在呢？早已消失經年。

蘭成憔悴，庾信愁多，江淹恨極須賦

飛燕，妒花春雨；成都！一箭風快——

麻石橋畔，水眠小鴨，床睡兒童……
枕上一夢，翩翩，我人欲在荷蘭……

（鮮宅，別離之氣味，竟夕相思）

郵亭-河北！——烽火繁華，少女羇旅
——西安-重慶-瀘州-成都……

焉得並州快剪刀！我欲剪下一個身影
——哪一個？——那1920年代的的虞姬。

注釋一：蘭成憔悴，庾信愁多，江淹恨極須賦，典出周邦
　　　　彥詩句。
注釋二：焉得並州快剪刀，典出杜甫詩句。

2014-5-10

# 清晨

清晨，雨藏春，春在眼，眼病江湖……
白髮酒紅，揚州風景，林古度，十載為誰淹留

五更輕浪五更風，青春重慶，黑夜消失
臨江人遇見了上清寺，特園——郵局宿舍二樓

清晨，在南方，一個皮蛋，一個鹽蛋，一碗稀飯
榨菜涪陵的？梅乾菜衢州的？燙幹絲，又是揚州

倒不一定非得是清晨，在吾國，如下真好：

一樓住政治老師，三樓住建築師，鋼琴師住二樓

老人（男的）當胸掛著一個半導體大聲音，四處走；
老人（男的）正收聽：歷史學春天走進新時代花園

注釋：林古度（1582~1666）明末清初著名詩人。字茂
　　　之，號那子，福建福清人。詩文名重一時，但不求
　　　仕進，遊學金陵，與曹學佺、王士禎友好。明亡，
　　　以遺民自居，時人稱為「東南碩魁」。晚年窮困，
　　　雙目失明，享壽八十四。

2014-5-12

# 晚嘴

蘇味道暗塵隨馬去
蘇小小當年秀骨來

晚天與晚浪
晚樹與晚街
晚人與晚酒

晚嘴！
……泛愛與幽歡

杭州城裡望海潮
肉蒲團是最好的小說？

可你與我
發明瞭一夜的哈爾濱

可韓南發明瞭李漁
他是王爾德也是蕭伯納

注釋一：初唐詩人蘇味道（648~705）趙州欒城人（今河
　　　　北欒城）。青年時與李嶠、崔融、杜審言合稱初
　　　　唐文章四友。「暗塵隨馬去」出自蘇味道《正月
　　　　十五日夜》，順手引來全文如下：

　　　　火樹銀花合，星橋鐵鎖開。
　　　　暗塵隨馬去，明月逐人來。
　　　　游妓皆穠李，行歌盡落梅。
　　　　金吾不禁夜，玉漏莫相催。

注釋二：「蘇小小當年秀骨來」，化脫自周邦彥「蘇小當
　　　　年秀骨」，參見周邦彥《滿庭芳·山崦籠春》
　　　　（憶錢塘）。
注釋三：晚嘴（spatmund），策蘭（Paul Celan, 1920~1970）
　　　　中後期詩歌中出現的一個重要意象（單詞），詳
　　　　情參見詩人，王家新教授的相關文章。
注釋四：韓南（Patrick Hanan, 1927~2014），美國漢學
　　　　家，1968~1998年，任哈佛大學東亞語言與文明
　　　　系教授。

2014-5-13

# 海子

雙飛燕在春空裡，早行人在春山外；
王在寫詩嗎？海子，王在細雨中歸來

為何春心，無冬心；為何悲秋，無悲夏
海子！「行樂直須年少，尊前看取衰翁」

2014-5-13

# 學習年代

（一）

冬日拂曉，陳良文起床是件大事
全家忙得暖融融，比上學還重要。

潮濕木板怎會有電呢？快摸一摸

春悄悄，日迢迢，寒食梨花謝了
小學還差三斤鐵，老師亦急得哭

（二）

轉眼夏末，燕子來時，黃昏操場
中學多出兩行閒淚：戴眼鏡踢球
食指翹起，邊鋒「馬蹄初趁輕裝」

莫叫我彭建國，叫我喜兒，晚上
我們來翻閱中國地圖集，來睡覺。

2014-5-14

# 待查事

弄晴春雨，歸老滄州
六十七歲
她聲音美如白象

他眼睛呢，有點鼓
來自川大，矮
有股力量——流淚的力量

值得驕傲的事（1986）
傅詩人說：
我讓他老婆為我洗了衣服

天津
鼠窺燈，龜尖風，小單於
賀鑄——半死桐！

顧彬來信了嗎？
待查事：人在衡陽，虎觀英遊。

注釋一：「川大」即四川大學的縮略語。

注釋二：「龜尖風」（見柏樺《別裁》，北方文藝出版社，2014，第151頁）全文如下：

那13歲清秀少年，忽于日前在上海吹了怪風；
剎那間，背如彎弓，翌日變成駝背，醫不好的。
據雲所吹之風為龜尖風，屬於百年難遇者也。

注釋三：《半死桐》又名《鷓鴣天》《思越人》，是北宋詩人賀鑄為亡妻作的一首悼亡詩。

注釋四：「虎觀英遊」，出自秦觀《千秋歲・苑邊花外》中一句「虎觀英遊改」。

2014-5-15

# 魂斷藍橋

唯有舊家秋娘，聲價如故。
——周邦彥《瑞龍吟·春詞》


1975年的青山安在？璧山
二十年後，惟有藍橋路近

魚燈點點，還小，無論西東

庾信愁，潘嶽老，狂夫老杜
阿姆斯特丹的河流呢，多多

誰夜裡不出門，中年懶梳頭？

北京微茫，情懷老去，驚覺：
鳩呼婦往這節，最令漢人玩味


注釋一：「惟有藍橋路近」　見晁補之《洞仙歌·泗州中
　　　　秋作》。「藍橋路近」泛指妓女居所。
注釋二：「微茫」是北京詩人大仙過去的一個筆名。
注釋三：「鳩呼婦往」，見晁補之《永遇樂·東皋寓居》。

2014-5-16

# 摘古記（三）

量船載酒，量耳裁愁：
青年時代，春閒永晝。

中山路上，郵亭深靜，
無聊倦旅，幻覺懷古……

松梢撲鹿，沙鷗來宿；
白浪驚魚，落日牛羊。

水調歌頭，金山觀月，
張孝祥，揮手從此去。

來洛陽，想念陳與義
杏花影裡吹笛到天明。

年復一年，代複一代；
神交冉冉，今夕何夕？

聞一多寫，豆腐乾體；
冷霜論文，水泥柱體。

2014-5-18

# 夜深問人間

兒女燈前事，能消幾兩命？
碧山無事人，手種小紅橘。

老子平生意，江南江北詩：

歐盟共同體；盟鷗辛棄疾；
衢州有江山，江山出戴笠。

夜深問人間，誰管別離愁？
看罷老魚吹浪，分酒分肉過年

2014-5-18

# 何必

夏天，晝長人靜
涼快的枕頭宜於濃睡

玉谿有甚消息？

十年泉下無消息，
九日尊前有所思。

情深人稱比目魚麼？
齊楚人在櫻桃樹下。

讀「燈前欲去仍留念」
……
何必，
她這麼快就斷腸了。

清晨
海上心情，白蘭地
山中歲月，威士卡
……
何必：

田家本來樹木低

又是一窗燈影，兩個愁人。

注釋一：「田家本來樹木低」，典出杜甫「田家樹木低」。

注釋二：「又是一窗燈影，兩個愁人」，典出周邦彥「又
　　　　是一窗燈影，兩愁人」。

2014-5-22

# 他的腳印是越南

在常熟，沙家浜
霧去山瘦，雨來水肥，人走茶涼。
怎麼可能，惜花人會恨五更風呢？

那種樹人嗜酒，那寫詩人恨酒。
那房產人寄居於此，生涯三分：
二分經卷，一分藥物
……

在遠方，也有人是傢俱狂！
也有人做的飯菜，帶榆氣。

英國人阿米蒂奇，去年到過上海
在民生銀行他說他的腳印是越南？

注釋一：「惜花人恨五更風」出自賀鑄《定風波·桃》。
注釋二：讀《啟顏錄》，知山東人做的飯菜，有榆氣。
注釋三：在西蒙·阿米蒂奇（Simon Armitage）《並非傢
　　　　俱遊戲》（Not The Furniture Game）裡，我讀到
　　　　一句：他的腳印是越南（And his footprints were
　　　　Vietnam）。

2014-5-24

# 很快

清明一過，秋千閒了。
袖裡新詩，白頭多多。

何來可惜，國際詩歌？
——荷蘭鹿特丹！

讀詩：吾與汝可同遊

（火車——柏林——
我短暫的德國歲月！）

奇開兄：
在圖賓根的一個下午
我發現了馬耳淚如雨

很快——

斯德哥爾摩的淩晨烏青
我愛上了那裡的海雨江風

注釋一：「國際詩歌」，乃是指荷蘭鹿特丹那一年一
　　　　度聞名四海的國際詩歌節（Poetry International
　　　　Festival）。
注釋二：「吾與汝可同遊」，見張之翰（1243-1296）
　　　　《唐多令‧和劉改之》末句。
注釋三：「奇開兄」，說的是德國籍的重慶畫家張奇開，
　　　　1997年11月的某一天下午，他、張棗和我一道在
　　　　圖賓根森林邊的草地上，觀看過一匹棗紅馬。
注釋四：「馬耳淚如雨」，當然是讀到李治（1192-
　　　　1279）《摸魚兒》末句：「馬耳淚如雨」，一讀
　　　　之下，便順手牽來此處。

2014-5-25

# 莫懷戚，重慶

莫懷戚，重慶！
他不是怕死，是羞於死
他不對別人說他得了食道癌，是羞於說

出於自尊，他說重慶的夏天早就不熱了
出於驕傲，他說成都的空氣比重慶差得遠

人老顛東，樹老心空，學田灣—春森路，又是！
1970年的森林與青苔呢，覆蓋上清寺特園，又是！

又是，狗兒亂睡，人臉白腫；紅油小面—下羅家灣
又是，一株煙薰火燎的樹下，我們收購煙酒和蟲草。

2014-5-30

# 在走……重慶

不。不。不是中國，是一滴北碚
1956；是愛爾蘭人在黑暗中變壞了
（我恨一個愛爾蘭人，名字保密）；

是一翁一嫗，皆異人；
是寫詩的王清貧如骨，無少陵意態。

日月經歷，生成吹噓……

1976，嘉陵江大橋，拾級而上
那代課老師的綠色的確良襯衫在走。

生死如晝夜，非生死汝州也，在走

在走……重慶！喜出望外的事，我豔羨
尋常巷陌，真是矯情鎮物，五月天氣。

2014-6-4

# 電報

卑賤者最聰明嗎？海的夏天。電報！

幻覺。白居易之鶴懶問每日電訊……

他錯過的是神，支那的花花公子老神
老神犯了一個青春的錯——海的夏天
電報！

肥得流油的反面，是瘦得皮巴骨頭。
她關掉燈，我就只好在幽隱中閱讀：

海的夏天，電報古老，廢棄！
平原的電波，茅屋為秋風所破，廢棄！

電報是莎士比亞的《暴風雨》？也廢棄！

2014-6-6

# 小消息

1.

她來自非洲？也可能來自俄羅斯？
不，她來自重慶涪陵，走路的樣子。

「好大，我的祕密，裹著緞帶」
可黑人從不知道每個詩人都是黑人。

單眼皮是單純的嗎，一個圓臉單純
「安第斯山—懷中—她開始躺下」。

2.

晨空「剖開雲雀—你會發現音樂」
（隋朝—破曉；正午—唐朝）

子夜—美利堅！
艾米莉，最後的女性沒有舞蹈。

3.

她還是你，才用寫詩來消磨等待？

黃昏，生命盡頭的前夕，平靜；
黃昏，少女的回光，遙遠的土星
……

雅典的夏天─悠長；江南苦夏年年
然後，李哥殺螞蟻；然後，李哥無事。

2014-6-7

# 老金堂半日遊

（兼致同遊人李龍炳、林克、白郎、黎斌。詩中所記，
為昨日旅遊事；另，又從龍炳處載白酒95斤緩緩歸。）


陳家祠堂，我們吃趴趴菜、花生米
苦瓜烘蛋，每人當面一盤糊狀鯽魚
……


城廂，古槐樹街，我們走過……
有個人，突然說：「我等死。」


繡川書院門前的桉樹，好看！
戶內有一間新按摩研究所，好奇！


不是我們，是跳舞的老太婆們
人文蔚起，在彭家珍公園。


不是我們，那又到底是誰？
除了落日，她能攜帶的還是落日。


2014-6-8

# 戲牌——日影飛去

破曉
給我江西，我就給你回憶
「涼風起天末，君子意如何」？

偶然
燈光在聽，但人已走了……
「還聽，他們在接吻——叛徒！」

奈何
絲綢興於封建而非井田
如果弄個委員會，倒沒關係。

自信
「它的創世紀是六月」！
來自北極，他身背西方來到我面前

高貴
采菊東籬，廬山！陶潛寫楊黎的詩。

感激
——「是唯一不會自我暴露的祕密。」

房間
遊戲結束，「人生七十，玩伴已稀。」

死亡
──「是一個狂野之夜和一條新路。」

2014-6-9

# 人生如寄

燕子西冷，南商北旅，春在天涯
遊戲合縱連橫，杭州阿里巴巴

如果兵在德語中是農民，怎麼辦？
她就再生一個日本，繼續脫亞入歐。

今朝上海，瑞典使館，梨雲─疑雲
問誰料理新詩？準備絕對伏特加！

「郴江幸自繞郴山」……不是秦觀
是掏糞工劉同珍，在濟南，人生如寄。

2014-6-11

# 介眉壽

媚陽下，杏圓
烈陽裡，瓜歪
柔陽邊，棗裂

南方
為此春酒，以介眉壽

圓明園，行樂地
憶妖嬈，黑大春
酒客歸路阻，歌人思微茫

北京
為此春酒，以介眉壽

注釋一：此詩起因，是讀到倪瓚《踏莎行》起頭四句中三
　　　　句：「春渚芹蒲，秋郊梨棗。……簷前炙背媚晴
　　　　陽」。突然，我緊急想到吾國成語「歪瓜裂棗」
　　　　以及赫塔‧米勒《國王鞠躬，國王殺人》，江蘇
　　　　人民出版社，2010，第10頁中一行詩：「當年村
　　　　裡我們大嚼歪杏」。
注釋二：「為此春酒，以介眉壽」見《詩經‧豳風‧七
　　　　月》。
注釋三：詩人黑大春是當年圓明園詩社頭號抒情詩人。
注釋四：詩人微茫亦是圓明園詩社重要詩人，後來又改名
　　　　為大仙。

注釋五：「憶妖嬈」，出自倪瓚《江城子・感舊》。

注釋六：「歸路阻，思微茫」，出自倪瓚《江城子》。

注釋七：這是最重要的一個注釋，此詩標題「介眉壽」，以及引來《詩經》這兩句「為此春酒，以介眉壽」皆是因為先讀到倪瓚《太常引・壽彝齋》倒數第二句「介眉壽」。

2014-6-11

# 可惜

三千里江山湖南（不是朝鮮）
秦少遊——為誰流下瀟湘去？

豈止衡陽飛紅雨，年年歸雁
那修元史的人是一個休寧人

可惜，在阿姆斯特丹，在萊頓？
漂泊的不是荷蘭人，是栗世征。

注釋一：趙汸（1319~1370），休寧人，洪武二年應召修
　　　　元史。
注釋二：詩中「可惜」專指杜甫詩歌《可惜》（在荷蘭萊
　　　　頓詩歌牆上可見此詩），特別抄來如下：

　　　　花飛有底急，老去願春遲。
　　　　可惜歡娛地，都非少壯時。
　　　　寬心應是酒，遣興莫過詩。
　　　　此意陶潛解，吾生後汝期。

注釋三：栗世征為詩人多多原名。

2014-6-12

# 當當

美利堅，有個陶忘機，飛來飛去
我，晚年惟好靜，萬事不關心。

當當
唯美人正沽酒蒜山，白眼亦爛漫

當當
亡命人又看見了籀園，有草鞋蟲

霜後橘，雨前茶，吳偉業鎮日燕懶
曼翁，切莫怪卷地西風，忽然吹透

注釋一：陶忘機是中國文學翻譯家、美國人John Balcom
　　　　的中文名。他譯過許多臺灣詩，也譯過我的《夏
　　　　天還很遠》、《望氣的人》。
注釋二：「晚年惟好靜，萬事不關心。」見王維《酬張少
　　　　府》。
注釋三：「蒜山」又名算山，在今江蘇鎮江市。
注釋四：「籀園」在今溫州鹿城九山河濱勝昔橋畔，是為
　　　　紀念孫詒讓而建。
注釋五：「霜後橘，雨前茶」見吳偉業《意難忘・山家》。
注釋六：吳偉業（1609~1672），明末清初著名詩人。
注釋七：余懷（1616~1696），清初文學家，號曼翁。
注釋八：「怪卷地西風，忽然吹透」見余懷《桂枝香・和
　　　　王介甫》。

2014-6-16

# 回憶張棗

有一天你將憶吳雲越水，柳橋月小
也憶藍空下，岷江上的鐵索橋

少年游，威茨堡的黑夜呀……
少年游，歷歷晴川，娟娟長沙！

我知道那坐冷的人也是坐新的人
空調能開高一點點嗎，達瑪？

達瑪！

銷魂人，今是張棗，古是柳夢梅
過橋人，過獨木橋，也過斷魂橋

注釋一：威茨堡，是張棗到德國讀書的第一站——威茨堡
　　　　大學。
注釋二：娟娟，張棗當年在長沙湖南師範學院讀書時的初
　　　　戀女友。
注釋三：「空調能開高一點點嗎，達瑪？」是張棗在對達
　　　　瑪說話。張棗很怕冷，而達瑪覺得空調溫度已經
　　　　合適了。
注釋四：達瑪，德國美女，張棗的導師、母親、情人，當
　　　　然也是他第一任妻子。

2014-6-17

# 下午，成都

春夢婆，嚇人，倒不吃鬼飲食
小商人吃破曉飯——番茄煎蛋麵

下午，成都
我想到一個夜不收的人——馬松

怎麼可能，恰好是四點零八分？

我讀到一句李暉的譯文：
「所有那些驕傲的父親對回家都感到難為情。」

注釋一：「春夢婆」，蘇軾被貶至海南瓊州，有一天他背
　　　　著大瓢，歌行田間，一位七十歲老婦說：「內翰
　　　　昔日富貴，一場春夢。」因不知老婦姓名，蘇軾
　　　　故以「春夢婆」稱之。
注釋二：「鬼飲食」，成都話，專指夜遊神（深更半夜不
　　　　回家的人）在小街陋巷吃半夜飯，即從子夜到淩
　　　　晨這段時間吃飯。
注釋三：「小商人吃破曉飯——番茄煎蛋麵」，參見我的
　　　　書《一點墨》（北方文藝出版社，2013）第116
　　　　頁，第341條《小商人的一生》。

2014-6-17

# 長相憶

好風輕，加餐飯，長相憶：

魚、魚、魚，三種？
西風鱸魚，江東鱒魚，橋下鯉魚

抽書賭背，總排定，夜分幽課
——歸來人在銀燈後

眼前亂山青接，天空無今古
宋玉豔、班固香；一聲何滿子，雙淚落君前

注釋一：「抽書賭背，總排定，夜分幽課。」見陳維崧
　　　　《長亭怨慢・夏日吳門道中寄內》。
注釋二：抽書賭背，典出李清照《金石錄後序》所述的家
　　　　庭樂事，即夫婦比賽背誦古書之事。
注釋三：「人在銀燈後」見陳維崧《驀山溪・感舊》。
注釋四：吳綺《清平樂・太湖》劈頭一句便是：「亂山青
　　　　接，粘住吳和越。」
注釋五：「宋玉豔、班固香」從陳維崧《沁園春・贈別芝
　　　　麓先生，即用其題「烏絲詞」韻》：「宋豔班
　　　　香」化出。
注釋六：「一聲何滿子，雙淚落君前。」見張祜《何滿
　　　　子》。

2014-6-18

# 雙魚消息

南京長干裡，午間有乒乓
——小長干接大長干

空江春浪，樓邊單車
那書生策進，商女後庭

上樓下樓，離別草草
燕語花無語，風語人無語。

想想，
足球運動員總有股感傷力量

想想，
上海，中國岳父皆美如少女。

注釋：「小長幹接大長幹」見朱彝尊《賣花聲·雨花臺》。

2014-6-19

# 在塵世

亭子──黑夜裡飛了起來──多麼驚恐
那時，我們已不在了，只餘聲音留存
那時，我們又會是什麼呢？去了何方？

燈光靦腆，人將飲茶，曙色悸動……
我想起一個人，十年前，我的左手邊

莫蔫氣，那人，你怎麼可能孤單呢？
在塵世，無論芬芳，還是糞肥
──每一秒鐘都註定刺激著你的鼻息！

上街，你總感覺是第一次外出，為什麼？

活在人群裡，我分辨不出我，在塵世
──巴黎手風琴，羅斯手風琴，中國手風琴

比利時！你在哪兒啊？在成都玉林嗎？在塵世
……

2014-6-20

# 臉色！風暴欲來……

新毛衣左肩有個大洞，他咳嗽；
美人的冬天，遞過來一碗豐腴麵

大西洋真寒冷呀，西班牙人懂麼？

青筋來自暴露，掌紋生於擊打
憤怒需要晦澀，羞愧理當敞陽
做！他其實是為了氣死兩個人

我走動，母親坐下；我彎腰，父親站立。

不懂幽默，何來牛仔——帽子？
向你禮拜？不，向你的帽子禮拜。

陽臺，晾衣繩閃顫——，臉色！風暴欲來……

注釋：「掌紋生於擊打」化脫自詩人蔣在《就算你脫掉所
　　　有的外衣》中一句：「毆打就能生出掌紋」。

2014-6-20

# 為人

人在碧山，晚來風吹
看風景要不動聲色？

人，我在想（很迷惘）：
怎樣保持喜悅的分寸
——這是一個問題

樹之中為何桉樹不怕火
人之中為何你溢於言表

人
醒來燈未滅，相逢教惜別

2014-6-23

# 國父論後

樹約風來風幾許？最鏡中
唯一點新恨，八千個舊愁

這麼快，下午的空調室裡
人老了，胳膊就要露出來
不是少灰白，就是更灰黃

怎麼又是重慶，國父論後
厲鶚說：冬杪，涼花載雪
我說夏天淒涼，只在鋼校。

注釋一：「國父論」，見劉小楓《今天憲政的最大難題是
　　　　如何評價毛澤東》。
注釋二：厲鶚（1692~1752），錢塘（今浙江杭州）人，
　　　　清代文學家，浙西詞派中堅人物。
注釋三：詩中的「鋼校」是指：重慶鋼鐵工業學校。

2014-6-23

# 屈秉筠

無論睡得濃淺，都易驚醒。
夜半三更，我讀常熟屈秉筠

她畫白描花鳥，詩學李商隱
病多得很哩，年四十餘死去。

唉，且看她一首《青玉案》：

一燈紅剩殘花滴。覺帳底、濃寒襲。
倚枕聽時聲響寂。鐘兒敲畢，
雞兒啼歇。窗影依然黑。

此時小夢剛收拾。又幾許、閒愁積。
耐得繡衾頻轉側。淒淒惻惻，
思思憶憶。誤了東方白。

2014-6-23

# 摘古記（四）

清早不必褪紅洗，憶王孫
燕幕風兒多，閒來尋秀句：

太古元非古，只在青山中
禽語隔春煙，燈影聚鄉愁。

綺陌香車似水流，翩翩
揚州歌吹好，蘇州玲瓏小
河南出詩人，古馬在涼州

蘇幕遮後，六醜！人間世

今日非昨日，明日複何如？
我有江南鐵笛，春人何須濃覓？

2014-6-24

# 冰島

世界的盡頭啊，冰島！
　　——博爾赫斯

在這兒，人們可以贏得亡者的愛。
　　——W.H.奧登

你是鐵山鐵林鐵浪
但絕不是美麗長島！

你是漆黑棺材
　　——躺下或直立；
你是烏雲下
　　——炫亮的自行車

電影——
人刨墳，兩個老人
冰島——風之傳奇！

金髮黃昏，白耳
真是寧靜……
除了豎起的狗耳
　　——非要突然震驚！

2014-6-24

# 讀馬鳴謙譯奧登詩選

1930年8月，奧登在蘇格蘭
海倫堡的涼月下

不敢去回憶
魚兒忽略了什麼，
鳥兒如何逃脫，綿羊又是否順服。

八十年後，有一個人
在蘇州譯出了這三句

從此
思想如歲月般成長，在老年
舞蹈鞋讓冬天吃驚，在南方

2014-6-25

# 一個人的一生

（一）

春天的幽潭——命運—童年—重慶
解放前—剛解放，生活一溜煙——

後來，一個週末，21歲，他決定
學會呼吸，免除疾病，塑型風度。
但感情饑渴怎麼解決？他有辦法：
（讓我們來聽他的悄悄話）

我逢人便寄我的照片、寫長信——
每天雖被老婆罵，我就猛打兒子

（二）

註定：年輕時，他喜歡高大女人，
當記者，穿漂亮衣服是他的理想；
註定：他的一生只能以會計退休，
抽煙，喝不來酒，天天逛百貨公司

他總是不斷地走出去，找人抒情
任何人都行，若那人在走下坡路
他會暗自特別興奮，更引為知己

（三）

帽子他有幾百頂，還戴嗎？衣服，
他有成千上萬件（均價每件28元）

如今他已在重症監護室，一頭睡去
戴上呼吸機，重新學習呼吸……

（附記：十天後的一個黃昏，電話
從攀枝花來，他已魂歸鹽邊的大地）

2014-6-25

# Post coitum, homo tristis

早熟的孩子（無論男女）長大了不老實
被父親虐待的男孩，長大了哭著想殺人

一個1970年代的內地中學生渴望生活
——來到柏林；在自由大學翻譯吳文英

「我就喜歡看各種各樣的男生。」（奧登）
一些敏捷如雌虎，一些迅速如雌豹⋯⋯

柏林——一座最適合同性戀者散步的城市

你甚至可以穿一件藍色毛服，戴上幹部帽
像張奇開那樣，雌雄同體、閃閃紅星，
從勃蘭登堡門出發，開始二萬五千里長征

今晨，任他去；在中國不是說開券有益嗎？
他開始學習拉丁文，劈頭一句就讀到：
Post coitum, homo tristis（性交後，人哀傷）

注釋：中國裔德國籍畫家張奇開（1950~），2002年，在
　　　德國發起、組織、策劃了「國際新長征——穿越歐
　　　洲」紅軍行動（行為藝術）。

2014-6-26

# 年少是一種幸運

（1998年春天的一個下午，接到蕭瞳電話，約我去都江堰寶瓶口看風景，他說同去的還有文迪、翟迪、曾芳等人。）


年少是一種幸運，不是我
青春是一種幸運，不是我

郵電，沒有？我不會寫作
磨難，沒有？我不會寬恕

下午，為何總是下午……
1956，我提前作別了幸福

歲月中的天賦，從天而降
我只取走我那份，奔向前程

是寒冷造就了一位詩人嗎
可能是謊言訓練出一位詩人

詩歌是一種特殊的耳疾？
如果詩歌是一種日常談療呢？

那就讓我們在北碚的夜色裡
說話，直到黎明愛上了長沙

直到天愛上鳥兒，懶管愁人。

注釋一：「歲月中的天賦，從天而降，我只取走我那份，
　　　　奔向前程」出自馬鳴謙翻譯奧登《戰爭時期》第
　　　　一首開篇二句：「自歲月中，那些天賦傾撒而
　　　　下，每個取走一份，立刻各奔它的前程」。
注釋二：「寒冷造就了一位詩人」「 詩歌是一種特殊的
　　　　耳疾」見馬鳴謙翻譯奧登的《蘭波》。
注釋三：談療，即talking cure。

2014-6-29

# 我們該怎樣去讀古詩

游南亭，頌「戚戚感物歎，星星白髮垂。」
可星星何曾悲哀過，樹亦如此，但詩可以怨

——抒情——支那——天命！

兄弟，四海之內；人生，春—夏—秋—冬。
七十，隨心所欲；斯人也，而有斯疾也。

於是，感時，花才濺淚；恨別，鳥則驚心！
於是，人（漢人！），轉瞬即逝，唯溫柔的，有福……

2014-6-29

# 一段音樂

德語文法在哪裡？風景裡！
萊茵——秋水共長天一色。

唉，自古以來，為什麼
愛爾蘭就愛出社會主義者？

歐洲嗎？不。也可以在合肥：

1903年——
地獄裡擠滿了音樂愛好人
音樂，是被詛咒的白蘭地。

今朝，豬欄酒吧
在西遞、碧山一帶忙個不停；

今朝，終會有一株樹
讓勞教釋放犯坐下流連光景；

不用拜墓，不用縫補，不用慌
回憶意味著呼吸緊？流亡結束？

拉魂腔……陳先發，在徽州
一聲簫，兩聲二胡，三聲銅鑼……

注釋一：「1903年，地獄裡擠滿了音樂愛好人：音樂，是
　　　　被詛咒的白蘭地。」出自蕭伯納《人與超人》
　　　　第三章。轉引自馬鳴謙翻譯的《奧登詩選：
　　　　1927~1947》，上海譯文出版社，2014，第550頁。
注釋二：「不用拜墓，不用縫補，回憶意味著呼吸緊？
　　　　流亡結束？」參見馬鳴謙翻譯的《奧登詩選：
　　　　1927~1947》，上海譯文出版社，2014，第552頁。
注釋三：「拉魂腔」，是詩人陳先發寫的一部長篇小說的
　　　　書名。

2014-6-30

# 鏡中

前寒武紀的天空射出紅色光芒，羅馬！
晚明的自鳴鐘便有一種1950年的興味；
活潑潑的新中國呢，何來悲天的感傷？
可總是少年人恨老年人，一代又一代；

一個夏天，那看罷《寧死不屈》電影
的高中生在背臺詞：「墨索里尼，總是
有理，現在有理，永遠有理！」一個夏天
木匠鉋子，被十四歲的我塗滿了松節油。

《新約・使徒行傳》說：「你們的少年人
要見異象，你們的老年人要見異夢。」
唉，少年宜於執行卻不宜於判斷。鏡中？
是的，拉康！自我從那面鏡像開始——

少年比老年言說流利，美的春天美過冬日？
少年比老年更接近上帝。你說對嗎，張棗？

注釋一：「前寒武紀的天空射出紅色光芒，羅馬！」見
　　　　馬鳴謙翻譯的《奧登詩選：1927~1947》，上海
　　　　譯文出版社，2014，第559頁《晚間漫步》第四
　　　　節。
注釋二：阿爾巴尼亞電影《寧死不屈》中最著名的臺詞正
　　　　是：「墨索里尼，總是有理，現在有理，永遠有
　　　　理！」
注釋三：專此抄來張棗1984年秋冬之際寫出的不朽之作
　　　　《鏡中》：

　　　　只要想起一生中後悔的事
　　　　梅花便落了下來
　　　　比如看她游泳到河的另一岸
　　　　比如登上一株松木梯子
　　　　危險的事固然美麗
　　　　不如看她騎馬歸來
　　　　面頰溫暖，
　　　　羞慚。低下頭，回答著皇帝
　　　　一面鏡子永遠等侯她
　　　　讓她坐到鏡中常坐的地方
　　　　望著窗外，只要想起一生中後悔的事
　　　　梅花便落滿了南山

2014-6-30

第三季

秋

# 讀書為了娛樂

本雅明，巴黎周邊有一些幽靈山
康拉德，英國偶爾有一種波蘭黑

在廣州我豈止記得昨天那條錦鯉
昨天見過的那隻螞蟻，我亦認得

成都還是挪威，87年，奇異之年！
神孤獨，獸孤獨，四年後你又要

遇見我；南京，一切知識皆回憶；
嗯，問問柏拉圖，讀書為了娛樂？

2014-7-2

# 立陶宛：風景與記憶

晚風裡的楊樹榆樹，低吟起含混的卡迪什
風景學家西蒙・沙瑪睡下，想著什麼……

一些人生活在森林裡，一些人消失了，
但森林依舊在那裡。
……
樹有根，猶太人有腳，
於是我離開了蓬斯克的小山丘

當密茨凱維奇高呼立陶宛的森林

幸福！巨型橡樹洞裡，朋友們圍坐晚餐
——比格斯伴以格但斯克伏特加……；
幸福！我憶起尼基塔・謝爾蓋耶維奇・赫魯雪夫
——共產主義的生活——土豆燒牛肉。

灰色的波羅的海，也在聽，西蒙・沙瑪的故事
……
地平線上，森林依然悄悄追趕著我們
我們的衣著染上（河流）森林的氣息：

暴行！奧地利斐迪南大公，用最新式機關槍
掃射森林動物……

1914年，德國裝甲部隊在立陶宛森林裡
開闢出通道……三頭波蘭野牛被送去
斯德哥爾摩，為德國農民換回兩百頭瑞典耕馬
……
一名無名下士狼吞下最後一片散發麝香的腰腿肉

重建民族森林記憶，蕭邦鋼琴專家——
波蘭共和國總理伊格納奇‧帕德雷夫斯基放歌！
野牛還鄉，風景還鄉，人在還鄉……
從漢堡、柏林，彼得堡，甚至斯德哥爾摩

歲月流逝，1939，戈林愛上了立陶宛森林……
（日爾曼人熱愛森林，古日爾曼人就生活在
這黑暗之地，密樹參天，滿是泥濘的森林裡）
希姆萊開始了風景殖民（以德國風景改造波蘭）
……

之後，1950，史達林用大型割草機，清除立陶宛
森林的（反動）灌木叢，亮出空地，射殺越境者。

「薩米茲達特」─感恩節─湯瑪斯·溫茨洛瓦─
明迪用漢語說出你的《流亡》：也許在春天去世
更容易一些：雪弄黑了肥料，
樹上花苞沾滿煤渣，泥水──這些會使人平靜下來。

彷彿在童年，在同樣的老地方……記住吧，老朋友：
如今，立陶宛森林，只剩下蘇維埃公園服務部遺跡；
剩下後共產主義時代一個個堆積如山的混凝土建築。

注釋一：西蒙·沙瑪（Simon Schama，1945年2月13日~），
　　　　英國歷史學家、哥倫比亞大學藝術史講師，BBC
　　　　紀錄片解說，紐約客文藝評論員。先後在劍橋大
　　　　學、牛津大學、哈佛大學和哥倫比亞大學歷史
　　　　系任教。編寫並主持過系列紀錄片《英國史》、
　　　　《藝術的力量》、《美國的未來》等。1996年出
　　　　版了「非凡之作」（《紐約書評》語）《風景與
　　　　記憶》（獲W.H.史密斯文學獎）。本詩取材大部
　　　　分出自此書，見詩中楷體部分，特此說明。
注釋二：「蓬斯克」，現在白俄羅斯西部和波蘭北部。
注釋三：「卡迪什」（Kaddish），猶太教做禮拜時或為
　　　　死者祈禱時唱的讚美詩。
注釋四：「比格斯」（bigos），波蘭和立陶宛烹飪中一
　　　　道非常典型的燉品，被視作波蘭國菜。典型配料
　　　　為：肉、德國泡菜、火腿、燻火腿、牛肉、小牛
　　　　肉、香腸，有時也會選用鹿肉及其他獵物的肉，
　　　　再佐以胡椒粉、香菜、刺柏果、月桂樹葉、馬鬱
　　　　蘭、西班牙甘椒、曬乾的或薰製的李子及其他作
　　　　料，以黑麵包和土豆為配餐。

注釋五：「格但斯克伏特加」，格但斯克（波蘭語：
　　　　Gdańsk），德語稱但澤（Danzig），是波蘭波美
　　　　拉尼亞省的省會，也是波蘭北部沿海地區最大的
　　　　城市和最重要的海港。格但斯克（Gdansk）位
　　　　於波羅的海沿岸。此地盛產一種有名的伏特加酒
　　　　──格但斯克伏特加。

注釋六：赫爾曼・威廉・戈林（德語：Hermann Wilhelm
　　　　Göring，1893年1月12日~1946年10月15日）是納
　　　　粹德國的一位政軍領袖。

注釋七：海因里希・魯伊特伯德・希姆萊（德語：Heinrich
　　　　Luitpold Himmler，1900年10月7日~1945年5月23
　　　　日）是納粹德國的一名重要政治頭目，曾為內政
　　　　部長、黨衛隊首領。

注釋八：「薩米茲達特」（Samizdat），俄羅斯及前東歐
　　　　地下出版物；私出版物。

注釋九：明迪，華裔美國女詩人，翻譯家。

注釋十：「彷彿在童年，在同樣的老地方」，見明迪譯立
　　　　陶宛詩人湯瑪斯・溫茨洛瓦（Tomas Venclova，
　　　　1937~）《感恩節》（Thanksgiving Day）最後
　　　　一行。

2014-7-5

# 也許

也許，我一出生就是二十二歲
也許，我一生就是這個年齡

也許，四十年前，我未曾在這湖水裡游過泳？

唉，多少清晨，哀歌並非單調，可就一直哀歎著
……

枯葉蝶、枯葉魚、枯葉鴿？
一隻黑鴿，一隻信鴿，一隻文鴿……

他說話的聲音像鋼琴（為什麼）
他羨慕一個一生無所事事的安靜的上海人

也許
照相機像個巨大的生殖器，Michel Tournier 如是說

也許
暑假是悲傷的，因為紅撲撲的「費特像鵝一樣高傲……」

注釋：費特（1820~1892），俄國詩人。

2014-7-12

# 清晨，我在想，人之一生

清晨，我在想，人之一生……
盡用馬車趕路，又有何不妥呢？
（其實，工具越簡陋，意義越深刻）

在吾國，還有什麼東西令人歎為觀止：

除了豬欄酒吧的一扇門、一個小小的院落；
除了明明是精神病院，卻偏要說是精神衛生院；
除了梅蘭芳的手指（而蘇聯人說他們的手應該砍掉）！

蘇聯，不。害羞，不。瘋，不。笑，紅紅的，不。
為何總是戴眼鏡者首先被淘汰？清晨，我在想，人之一生……

2014-7-12

# 得考慮

死氣沉沉的東西，總是乾乾淨淨的；
而鬥爭連接著動盪，富貴相惜於溫柔。

荷蘭，小城富足；德語，硬鐵碰撞：

得考慮，鏡子陽性，簡直瘋了！
得考慮膽識，在重慶的烈日下煉成
得考慮櫻花，樹木中最具源氏物語的
……

得考慮我們（也包括他們）的形象
──卷起袖子，翻下襪子，露出肌肉

可還是有什麼別的東西讓我心不在焉……

2014-7-12

# 謝謝

南方之夜，仰面朝天
費特失眠，開燈讀書

謝謝，遠方，Karlstad
一間大學——

波浪湧起巨型黑鐵！
森林邊的古石橋發光

謝謝，杜甫《白小》：
白小群分命，天然二寸魚。

謝謝，張棗《麓山的回憶》
書未讀完，自己入眠？

謝謝
昨夜星辰已逝。你要等著！

2014-7-13

# 懸念

多麼令人難以忍受的懸念：
「世界是空的，玩偶是鋸末填的。」

8世紀的茶杯墊好看——江風引雨入舟涼
19世紀的燈墊好看——小光棍的嬋娟！

注釋一：「江風引雨入舟涼」，典出王昌齡詩《送魏二》。
注釋二：「小光棍的嬋娟！」來源如下：「我知道一隻飛
　　　　快的織梭——我知道一種神奇的禮物——生命之
　　　　燈的燈墊——小光棍的嬋娟！」（《狄金森全
　　　　集》卷四，蒲隆譯，上海譯文出版社，2014，第
　　　　52頁）

2014-7-16

# 家

家像大千世界一樣地運轉，人一個接一個地離去⋯⋯

為什麼總是藍眼睛的人類要背井離鄉？
為什麼總有一位奶媽來自梁贊而非梁平？

說蘋果很小，說心很小，說滑鼠很小⋯⋯
說天下安瀾，比屋可封！說我們的告別始於童年⋯⋯

注釋一：「家像大千世界一樣地運轉，人一個接一個地離
　　　　去⋯⋯」（《狄金森全集》卷四，蒲隆譯，上海
　　　　譯文出版社，2014，第81頁）
注釋二：「天下安瀾，比屋可封」，典出《文選・王褒
　　　　〈四子講德論〉》。

2014-7-16

# 你在哪裡

你在哪裡（一百年後）？
我荒唐而漂亮的兄弟。

我像波蘭人一樣高傲，
你的前額具有某種預見性。

面對你，年輕的傑爾查文
我眉毛墨黑，我在墨黑的樓上算命

我是藝人中的藝人，拿手好戲是撒謊。
我是莫斯科的佛羅倫斯！頭髮──鋼盔！

注釋一：「我荒唐而漂亮的兄弟」見茨維塔耶娃《我雙手
　　　　奉送……》（《我是鳳凰，只在烈火中歌唱：茨
　　　　維塔耶娃詩選》，谷羽譯，上海譯文出版社，
　　　　2014）
注釋二：「我像波蘭人一樣高傲」見茨維塔耶娃《相互競
　　　　賽的累累瘢痕……》（《我是鳳凰，只在烈火中
　　　　歌唱：茨維塔耶娃詩選》，谷羽譯，上海譯文出
　　　　版社，2014）
注釋三：「面對你，年輕的傑爾查文」，見茨維塔耶娃
　　　　《沒有人能奪走任何東西！……》（《我是鳳
　　　　凰，只在烈火中歌唱：茨維塔耶娃詩選》，谷羽
　　　　譯，上海譯文出版社，2014）

注釋四：「我是藝人中的藝人，拿手好戲是撒謊。」見茨
維塔耶娃《瘋狂——也是理智……》（《我是鳳
凰，只在烈火中歌唱：茨維塔耶娃詩選》，谷羽
譯，上海譯文出版社，2014）

注釋五：「我是莫斯科的佛羅倫斯」，薩曼德爾施塔姆寫
過一首詩獻給茨維塔耶娃，題為《莫斯科的佛羅
倫斯》，見《我是鳳凰，只在烈火中歌唱：茨
維塔耶娃詩選》，谷羽譯，上海譯文出版社，
2014，第84頁。

注釋六：「頭髮——鋼盔」，見茨維塔耶娃《有些名字
……》中一句「有些女人頭髮與鋼盔相似」
（《我是鳳凰，只在烈火中歌唱：茨維塔耶娃詩
選》，谷羽譯，上海譯文出版社，2014）

2014-7-16

# 達州

正午，夏日陽光照亮山林，室內燈光如熾

達州！
——黨在尋找一個撰寫編年史的詩人。

（史記：人厮殺各異，痛苦相同……）

學員們，旅遊真的是一種社會實踐麼？
紅軍——白軍——黑軍——綠軍……

美學，請記住
——我青年時代的羅書記，賭酒到天明！

嗯。達州
某個兒童的祝福已發出了光（不是菩薩）——

嗯。可為何依舊是：你的北京，我的南京
而他在回憶中聽見了另一個人正說著英語？

2014-7-16

# 年輪

1923年，是因為我沒什麼職業嗎？
「貝殼承受苦難，乳房膨脹增大。」

1976年，文革稍息，新人輩出
的確良要貼緊，貼緊重慶的夏天。

1983，唇邊-靜電！唇邊-火焰！
怒氣在一所房間裡——碗的唇邊？

2010，此秒已逝，聲音永在……
愛只能來自長沙，來自散步的樹木

而失眠人五十剛過，便失去了分寸
我的道德經雖在，卻沒有了禮拜天。

注釋一：「貝殼承受苦難，乳房膨脹增大。」出自茨維塔
　　　　耶娃《貝殼》（《我是鳳凰，只在烈火中歌唱：
　　　　茨維塔耶娃詩選》，谷羽譯，上海譯文出版社，
　　　　2014）
注釋二：「的確良」，一種化纖織物，即我們今天所說的
　　　　「滌綸」布料。

2014-7-17

# 贈趙宇教授的父親

夏日盛大，不是曾經！

兩點十五分，午後──
石灰街85號：

愁怨且無望的掛號人
──讓契訶夫去描寫他

鼻子──童年──歲月
流血，流血，流血……

三點！
我遇見了一位偉大的醫生
──趙宇教授的父親。

2014-7-17

# 南京——小天堂

時間來不及，我不說你頭髮的樣子
讓酒等會兒，讓聊天等會兒。說白了
讓1988年我倆隆冬的奢侈等會兒

還有什麼有意思的事呢？歲月流逝
請人心，再等會兒⋯⋯

有一部電影，說1952年秋的守門人
有一個木匠兒子的豔遇，說春天

不。炊哥——愛情——重慶師範學院
不。保安——我們今天是社區的時代

（吾國，醫生似神——從天而降！）

你——三十歲；只要有我，你不哭。
我倆——一天，只要一天，你不哭。

我的手，我的手呀⋯⋯夠，絕對夠！
南京——小天堂——太短暫的一個夜晚！

2014-7-18

# 周緣

杯酒之間，北方前進──；
南方──踏浪，正午如命。

長沙開口說，重慶跟著說
越南人很慢？就再聽一遍

成都，一千四百萬人──
笑笑生──並沒有打擾我。

但
假如神今年夏天來過龐莊

我很難不相信這只老蒼蠅
已在義大利的晴空飛了一年

2014-7-18

# 不是毛澤東是我們自己

破曉之道總被晚霞改變
關閉的總是令人敬畏的

為什麼
我們低估了袒露的大地？

為什麼
李陀說：「丁玲不簡單」？

而我在想——
不是毛澤東是我們自己。

延伸閱讀：
不是拿破崙是法國人自己
不是華盛頓是美國人自己

2014-7-18

# 道可道，非常道

（一）

天氣像重慶，花朵像長春
無足道

對移民來說，國家是閒的
無足道

聖經認為：左手勝過右手
無足道

夾子有家，鼻子不得冒犯
無足道

（二）

可道
沒有意義的閱讀也是閱讀。

可道
沒有意義的煩躁也是煩躁。

可道
胖胖的她不是在走，是在滾。

可道
我們遇到的別人全是我們自己。

2014-7-19

# 一年四季

從早到晚的太陽，每過去一小時，都是值得追憶的……
所以記憶的顏色，不妨，也可以像非洲肯雅街區。

好聽的發音是雅典少年，合肥少年呢，難道就不好聽？

夏天寬寬，秋日有時很窄；冬天，我們吃肥腸，可有人
春天也吃？
那無肩章的中國政委是一個隱於人間的小神，他暗中研
究狄金森：

一年四季，何謂星辰？只不過是指點人生的星標而已？
一年四季，信呢？張棗最愛！信是凡間的一種歡樂，眾
神卻無法得到。

注釋一：「何謂星辰？只不過是指點人生的星標而已？」
　　　　見《狄金森全集》卷四，蒲隆譯，上海譯文出版
　　　　社，2014，第394頁。
注釋二：「信是凡間的一種歡樂，眾神卻無法得到。」見
　　　　《狄金森全集》卷四，蒲隆譯，上海譯文出版
　　　　社，2014，第392頁。

2014-7-19

# 養生之道

在成都，黎明即起，帶著哭相

別喝酒！你會繼續睡⋯⋯
更別寫信！你會無地自容⋯⋯

在南京，還有什麼問題呢？

有個客居的徐州人，他的養生之道
——讀塔西佗《日爾曼尼亞志》。

2014-7-20

# 慢慢走

有福！
古人的臉因豐滿而鼓起。

夏天，
是的，任孩子們去踢球。

永貴，
慢慢走；李太白，行路難⋯⋯

2014-7-20

# 歸去來兮

歸去來兮！
成都馬甲是安達盧西亞馬甲
君王無論西東──紫氣相同！

北京──
冰島來的女天文學家大驚失色
晚餐時，你把egg說成了pig

馬森娃（Magssanguaq）呢？
你是一個夜裡的法官詩人吧；

格陵蘭很冷，情況也不緊急
但一生一次，你碰了一下凍硬的手。

2014-7-21

# 初中生很苦惱

世間萬物皆出一理，人
冬之道理也適應於夏日

教室──初中生很苦惱
他就剪一個錘子的頭髮！

在蕪湖──我的外甥呀！
事過境遷，人生漫長……

別怕
我早說過：談永恆不如談記憶。

2014-7-21

# 溫州

為何總是在溫州？
年輕的意志——
傾心於身體戳洞
傾心於十字絞刑
傾心於一把斧頭

溫州，擊鼓傳花
——十萬火急！
溫州，木匠的凹槽
睡著一輪夕陽。

日新（make it new）
有天鐘，就有耳朵
熱愛耶穌的溫州人
決定上山觀看日出

2014-7-22

# 和納博科夫

——為谷羽教授所譯納博科夫詩歌而作


我的後世子孫個個目光挑剔，
未必記得我外號為飛鳥。

——納博科夫《音韻生涯短暫》


「……我會死，但不會死在夏日涼亭，
不會死於炎熱或暴飲狂餐，
我會像天庭的蝴蝶陷入羅網，
死在荒蠻的野山之巔。」

——納博科夫《我曾經那麼喜愛……》


回首往昔，我小學時代的夾竹桃不好聞……
多年後，想起來卻有克里米亞1918年的味道


隨著這味道，我成長為21世紀的開朗居民
我，一個古風愛好者，在你約定的時刻，
打開了你的詩集——每當黃昏星降臨
我都會一再地讀你的《初戀》和《燕子》……


深夜的羅斯總是環繞在四周，你的
也是我的——林蔭道盡頭，小橋旁邊，

白樺與白楊樹葉都有反光（樅樹來自東德？）
——像風、像海、像奧秘。

像在中學時代傾斜的課桌上，你的？
不，也是我的，在重慶市大田灣小學
我也緩緩地鋪開過一張地圖……春遊
我也挎過深綠色的軍用水壺，觀看過燕子……

如今我已60歲了，夜半驚醒，黎明嗜睡，
如今我早忘了玻璃下面的詩頁，將永成？
可那塗改處曾閃爍如電，地獄般疼痛！
似一架古老的豎琴——羅斯的琴弦患了重病。

如今我在此與你交談。你覺得寒冷……這冷風
來自往昔……再見吧，再見！我已經感到滿足。

注釋：詩中楷體部分，引自南開大學谷羽教授惠寄的《納
　　　博科夫詩選（40首）》，在此，我要特別向谷羽教授
　　　表示由衷的謝忱，謝謝他那細膩如骨精確的翻譯，
　　　這些寶石般的譯文讓我一直處於震驚與亢奮之中。

2014-7-22

# 取熊膽

黑熊們來到養殖場
淒嚎日益平常——
少了自然的偉力
⋯⋯

一些壞人類給黑熊
穿上鋼鐵馬甲
——為取熊膽
疼痛引起它們煩躁

但，細浪繾綣如故
但，森林聳立如故
但，日月陰晴如故

2014-7-22

# 憶柏林

我將何時憶起柏林，十七年後？

那長椅的木板接近腐朽，
腳下深處是胭脂的河流，
……

我將何時唸唸，人的一生有多少次呼吸……
忍著重病啊，柏林！——赫塔・米勒的杏樹

注釋：「那長椅的木板接近腐朽，腳下深處是胭脂的河
　　　流，」見南開大學谷羽教授翻譯的納博科夫詩歌
　　　《夕照中》。

2014-7-23

# 人生

為什麼，在羅馬尼亞，死者的腳要被高高墊起？
為什麼，黎明蚊子？黎明耕馬？黎明鳥兒？叫聲驚
恐……

對於臧棣來說，人生就是左手「協會」，右手「叢
書」；
對於奧登來說，人生尤為重要的是，不與有潔癖的人
交媾。

2014-7-23

# 痛苦與白

—— 致阿爾巴尼亞

在阿爾巴尼亞，痛苦，很家常，很深，很慢，也很白
——因為他們一年四季都酷愛穿白色的襪子？

無事幹，阿爾巴尼亞人才成為全球最痛苦，最白的人？
阿里・博知雅渴望看著阿爾巴尼亞人走向火車站，湧
入大城市

——在阿爾巴尼亞，人並不輕，常帶些雨後沉重醉意……
他們愛釣魚，有時，這甚至成了一種家庭奇異的樂事。

但我總覺得有什麼地方很彆扭，悠長夏日的白呀……
回頭看：你的黑胡椒白麵條真是白得傻眼、傻口、傻心！

注釋：阿里・博知雅（Ali Podrimja，1942-2012），出生
　　　於阿爾巴尼亞地區的科索沃詩人。「渴望看著阿爾
　　　巴尼亞人走向火車站，湧入大城市」見宋子江所譯
　　　其詩《還是，還是》。

2014-7-23

# 1241年

年輕黎明——來自一枚拉脫維亞寶石
吳文英在杭州豐樂樓憑窗織錦……

我寫詩，是為了消磨時間
我養狗，是為了排遣愁緒

死，死了死；生，生了生……
「我簡直是相當滿意，
處在這樣一個獨特的社會。」

1241年，你順風遞給空氣一個宴室

怎麼啦，命運的麻沸散——
怎麼老有一個阿爾巴尼亞人很白很痛苦？

2014-7-24

# 真理

老師啊，為什麼睡眠和湯可以美容？
這是真理：孔子說女子無才便是德。

鳩山，我在一本日本書裡每每讀到
便想起一個姓米的中國人，他愛笑

真理：「是人就會疼——顧不上文明」
真理：喜馬拉雅，那裡的風不要樹木。

2014-7-24

# 再見——蘇維埃

1.

月臺上空烏雲密佈，天邊幽暗
那是彼得格勒風雨大作的日子

深夜，當心花園的臺階！沙夏！
深夜，你埃塞俄比亞式的告別非凡！

2.

亞洲——一棵樹頹廢地摔倒。
我快死的時候，切格穆瀑布在轟響。

例外，
地理學不屬於死者！再見——蘇維埃。

注釋一：「月臺上空烏雲密佈，天邊幽暗；那是彼得格勒
　　　　風雨大作的日子。」參見谷羽教授所譯《我愛詩
　　　　集當中的詩人》（俄國詩人，亞歷山大‧謝苗諾
　　　　維奇‧庫什涅爾，1936~）。
注釋二：「我快死的時候，切格穆瀑布在轟響。」參見谷
　　　　羽教授所譯《切格穆瀑布在喧響》（俄國詩人，
　　　　亞歷山大‧謝苗諾維奇‧庫什涅爾，1936~）；
　　　　切格穆瀑布位於俄羅斯北高加索山區，距離納爾
　　　　奇克市50公里。

2014-7-24

# 納博科夫在歐洲

—為谷羽教授所譯納博科夫詩歌而編錄

里加，波羅的海一個小城
破曉時的槭樹、肉桂、冷杉
馬嘶聲聲……我，推開窗
一陣輕輕的喧響來自天邊
……

1920年，劍橋，五月之夜
我想念我的母親,供獻詩行：

你想對人們說：是時候了。
明天上路我已經準備整齊。
（一群鴿子。路邊客店。
鏽跡斑斑的招牌：羅斯。）
你想對上帝說：我在家裡。
（墓地。小橋。道路轉彎。）
將來會有個陌生的老頭
取代橡樹佇立在大門前。

1921年呢……我的柏林
還有什麼人能為我趕車……

什麼人能轉過身來，
用鞭子指點給我看，
在白樺與花楸樹之間，
那座綠樹環繞的房舍？
為我開門的又會是誰？

格魯涅沃德呀——
1921年7月31日，是的：

在《明眸、微笑……》裡
我寫下了簡明易懂的詩句：
無愧無悔地對待生活；
你要學會把瞬間珍重，……

說明：
　　一直沉浸在南開大學谷羽教授所譯的納博科夫詩歌裡，真是忍不住又要編錄一首來，詩中楷體部分是谷羽教授的譯文。

2014-7-25

# 驚回首

我一讀到「四肢如詩的女人」
就想到虎臉偶爾像人臉。

我一看到黃臉如教堂的蠟油，
就知道這種臉色也說得過去。

灰色青春日子-無眠-神經痛！
──驚回首：

百年前我們竟活過，街道還在
唉，只是與我們的命運無關。

成都植被，甜暗潮濕，我相信：
徐州油頭人晚年會找到點滴樂趣。

2014-07-25

# 於是

任她去，她吃粥要放豬油，飲茶要放辣椒，喝牛奶要放醋……
可對遠東人而言，冒充先知的人留須；可中國佛陀無須！

在紐約，無政府主義者應學會沖廁所，因為古文有一種轎子的味道？

於是鶴舞，窮陰殺節，急景凋年；於是風暖淩開，鮑參軍作園葵賦。
於是海為酒、山為肉、竹為笛；於是「當前的形勢和我們的任務……」

於是，（人因人而異）手因手不同；他的手不適合擀麵，適合做數學題。
於是，人，漢男人，他們幾乎個個看上去都像孩童，一生都不發育似的。

2014-7-26

# 皮襖

蠟燭在燃燒，二月在痛哭，桌上擺了一瓶伏特加。
愛爾蘭的曙光啊，日瓦戈醫生的故事⋯⋯接著——
「我返回莫斯科，不，你要讀著被押回佛教的莫斯科。」

請回答：高爾基恨曼德施塔姆嗎？「夠了，又是佛像。」

但「應該弄件皮襖！」
「他穿的皮襖不合身。皮襖留在了彼得堡。」

「皮襖，就是生活的穩定！皮襖，就是俄國的嚴寒！
皮襖，就是一位平民知識份子無法覬覦的社會地位。」

2014-7-26

# 風吹草動
　　—— 兼贈臧棣

年近耳順，我才發現牛眼是女性的：

風吹草動，多麼溫柔，我們將順從什麼呢？
順從一本2000年工人出版社出版的詩集？

「順從風吹、順從大地、順從生活、順從睡意⋯⋯」

2014-7-26

# 四季

春日黃昏，細月如爪……
隋朝閒人杜子春在洛陽望天……

夏日柳巷呢，乾了的青苔卷了起來
在蘇州，王長河頭……

秋日，打手在嵊縣招，基督在南京找
——為何？

冬天——
我們的耶穌愛上了秀麗的驢子……
酒的殘留物呀，請原諒我用的字眼——尿！

2014-7-26

# 各有去處

西方，佛陀。南方，鐵托。
凡人各有身分，各有心胸。

吃魚高雅，但不宜於川人。
（川人只吃醜陋的酸菜魚）

年輕時讀書，且宜於矮子。
（矮子因太想演講而讀書）

感受光景，度過一生，你的
工作就是給開水燙過的番茄剝皮。

2014-7-26

# 吃驚的事

唉！破曉黑鐵，天很酷；他，17歲，對未來沒有規
劃，更酷。

轉眼，有些工作在夜間進行了……
譬如掃街工、打更人（現已絕跡）、送奶者……
譬如「她疼痛起來難看的樣子，如她性交狂喜中難看
的樣子。」

之外：生活複雜，但為什麼唯有女性的手一年四季才
是涼的？
為什麼從口腔到肛門，人（當然也包括動物）是那麼
精確而暢通？

2014-07-26

# 片面重慶

重慶熱——令人想到奴隸制度
重慶溫泉——年輕的社會主義

重慶初夏，北碚清晨是涼幽幽的，而非涼絲絲的。
重慶南岸，唯有一件事永恆：女廁所三個坑位，男廁
所五個。

注釋：這個重慶南岸的廁所坑位數，是虹影統計出來的，
　　　見其傑作《飢餓的女兒》。

2014-7-27

# 天空

醒來開券有益：感傷者最殘酷，敏感者易後悔。
唉，我的全部是一隻水果，Vladimir Nabokov。

多麼渺小啊，雪橇——
在馬車夫肥臀的襯托下，在古老的俄國。

1988年，深冬，南京，
她走起路來，有一種雲南大學的美——

天賦嗎？不，禮物！（Gift？No, Gift!）

剎那間，在袒露的夜空，高高地……
「瞧，」他說，「多美！」
……
她微微一笑，雙唇微啟，朝天空仰望。
「今晚？」他問道，也把目光投向天空。

2014-7-27

# 風景（三）

奶奶像猿猴，坐在校門邊的樹下。
《心獸》說：「裁縫家浴室裡的陰毛比頭髮多。」

可女醫生比白晝還要美麗。她就是人間的神！
可他的臉白裡透紅，洋溢著一種祖傳的年輕。

可我中學時代的阿斯匹林老師真是玲瓏而洋氣呀。
可如今我已60歲了，才剛剛懂得風景是歷史學家。

2014-7-27

# 路過

昆布——江白菜——就是海帶！

有個人的相貌總給人這樣一種感覺：
他好像一天到晚都在吃東西……

看著從身邊走過的人……
要麼害怕、要麼厭惡、要麼不屑；
要麼緊張、要麼欽羨、要麼感激；
但從來不會視而不見、無動於衷。

2014-7-27

# 因為

因為愛難以啟齒……在床上、在書中、在浴室、在野外……
因為北碚郵局、上清寺郵局、我鮮宅般的童年！
因為家庭天生有一種下午的殺氣（來自精神分析的一個
觀點？）

因為廣州，我們會想到：南方、商業、迷信及革命……
當然也會想到：早茶、夜宵、蛇羹和叉燒……

因為熱，英國人一到印度就容易變成壞人或怪人

因為一個日本南北朝時代的童僕，名叫乙鶴丸
當然日本的一切都是輕的，「連火車都使人覺得很輕」

因為毛多情深，毛少義薄；夫妻之間，愛得更深的一方
先死
因為漢人脆弱而殘酷；易怒而女性化；復仇而去吃大便
（越王勾踐）
因為萬事萬物都有一個黎明（《傷寒論》就成於漢朝的
黎明）！

她穿的褲子總是不好看！黃昏快走呢，用腳踩縫紉機
呢，笑呢，剝洋蔥的樣子呢……

2014-07-27

# 還不夠

殺魚不悲魚之血，殺鳥但悲鳥之血。
——題記

蛋過著蛋的生活，直到我們打破了它。
還不夠麼？

蔥過著蔥的生活，直到我們吃了它。
還不夠麼？

狗過著狗的生活，直到我們愛上了它。
還不夠麼？

人過著人的生活，直到我們死了他
——還不夠。

2014-07-27

# 我這一生便沒有虛度……

夏天宜於消磨呀，有個叫鐘鳴的人成天抱怨：
我的一生，從未遇見過一位溫和的女人……

王家新：我沒有變，
只是有時在念出敵人的名字時，我有些猶豫……

（中午有太古之感？午夜必須是——何物！）
人！所有日子中，總有一個不得不死的日子——

那就略受一點苦，但不可太苦，像Emily那樣
終其一生，成為一個陌生人，我這一生便沒有虛度……

2014-07-28

# 試試

Emily紫色，Joseph Brodsky淡紫！

她的英語有一種地中海的語調？
他輸了彼得堡，覬覦了威尼斯？

回到挪威！
如果白必須成為一種黑，就黑到底！

回到彩虹——大自然唯一的叛逆！

極限！
她用一輩子（87歲）熬過了這個正午。

2014-07-28

# 元朝故事

陰涼衝破了寂寥
卻毀了人的安靜
一隻老摳小飛鳥
一抹倪雲林織錦

大臉夏天，無事
奢侈元朝，無情
字典應負責！但
查不到米蘭口音

美學可是茄子嗎
道德更不是臘肉

仇敵偏激於鵝毛
江陰才拍案驚奇

2014-07-29

# 雲之南

命若夏天，九十年何其短暫！
河內的星星，一種東方裝飾
此地童年，西南邊疆……

大使，大使！法國——
談飛行麼？激動家樂福姍姍來遲

大理
突然，樹木站住，唯恐涕零……
報仇！飢餓藝術家已肥得流油……

熱帶是一種胸懷，也是一種閒逸
只要你躺下，便能獨吞一個宇宙！

2014-07-29

# 像邁達斯節省金子

相信我，他身上的東方！
相信我，冰島是慈悲的。

Emily：海多麼慢——
而你（是否）早就說過
信仰一退位，行為就瑣細？

曙光只贈與貴族——

「……但命運老矣
節省福氣
像邁達斯節省金子——」

2014-07-29

# 還好

還好，
蘇州有個顧盼，他愛管平湖

還好，
暮晚只是走來，將暮晚打開

還好，
生活在一戶人家，雖無家常

還好
莊嚴逼人的晚餐總算結束了
……

還好，
我認識她，才經歷一次放縱！

2014-07-29

# 古老的事

為什麼說幸虧那是一種牙買加眩暈？
古老的事，有時溫暖，有時也困倦。

芬蘭——夏日窗簾因樹蔭而涼快……
我想起蒲寧（在巴黎）年輕的晚年……

舒服，直到對舒服的厭煩！
人們，直到中途稍事休息
——做好準備，等待長眠的到來……

身體會影響思想，情緒也會影響……
一定！可並非所有人的一生——
劇痛！——頓會湧起四海之內的友誼。

2014-07-30

# 如果

如果夏日晴空，因炎熱發藍
吾友，將不得肝炎，不信佛教

如果俄羅斯夜鶯總是在黎明前歌唱
抱歉，神呀！請饒恕我寫出了下面兩行：

如果夏清雲1946年在上海，愛上了劉添生
冬日的冰唇宜於接吻，夏日的燙唇就宜於性交？

注釋：俄羅斯詩人別列列申還有一個中文名字叫夏清雲，
　　　他與劉添生是同志。詳細故事見谷羽教授翻譯的詩
　　　集《無所歸依——別列列申詩選》，敦煌文藝出版
　　　社，2014，第230頁以及相關部分。

2014-07-31

# 看遠方

看遠方，我只有九歲……
看遠方，搬運工在睡覺

兒童的濕唇呀
——蘇門答臘！
另一個我在聽不丹民謠

沙土——絲綢——遠方
——紅寶石火炭在呼吸！

人說博斯普魯斯海峽
有希臘美女，我卻黑瘦。

注釋一：「沙土——絲綢」出自蒲寧《童年》中一句「沙
　　　　土像絲綢……倚著松樹」參見谷羽教授所譯蒲寧
　　　　《永不泯滅的光——蒲寧詩選》，敦煌文藝出版
　　　　社，2014，第76頁。
注釋二：「紅寶石火炭在呼吸！」參見谷羽教授所譯蒲寧
　　　　《永不泯滅的光——蒲寧詩選》，敦煌文藝出版
　　　　社，2014，第85頁，《護欄、十字架……》。
注釋三：「人說博斯普魯斯海峽/有希臘美女，我卻黑
　　　　瘦」，參見谷羽教授所譯蒲寧《歌》，《永不
　　　　泯滅的光——蒲寧詩選》，敦煌文藝出版社，
　　　　2014，第75頁。

2014-07-31

# 躍起

燈因陰影而柔和，人因命數而弛張
印度洋、北冰洋、大西洋……

莫斯科——明亮！彼得堡——銀灰！
夏夜——豆莢爆開——無論西東！

但路還遠，花園、花園、花園……
但札格雷布，你太遠，遠在天邊！

但聽到船長的口令，我會立刻躍起！

注釋一：「但路還遠，花園、花園、花園……/札格雷
　　　　布，你太遠，遠在天邊！」參見谷羽教授所譯蒲
　　　　寧《帶著猴子流浪》，《永不泯滅的光——蒲寧
　　　　詩選》，敦煌文藝出版社，2014，第97頁。
注釋二：「但聽到船長的口令，我會立刻躍起！」參見
　　　　谷羽教授所譯蒲寧《召喚》，《永不泯滅的光
　　　　——蒲寧詩選》，敦煌文藝出版社，2014，第
　　　　118頁。

2014-07-31

# 練習

（或一對可發展的句型演練）

蒲寧：往井裡掛吊桶的人是好人。
他者：往窗外扔渣渣的人是壞人。

……

注釋一：「往井裡掛吊桶的人是好人。」見谷羽教授所譯
　　　　蒲寧《給詩人》，《永不泯滅的光──蒲寧詩
　　　　選》，敦煌文藝出版社，2014，第126頁。
注釋二：「渣渣」，四川土話，意思是：垃圾。

2014-7-31

# 我在懷念

遠方的山脊中午呈現暗藍
雨中飲酒，這裡春天涼爽

轉眼，不，真是眨眼呀——
淡金色烏雲吹來輕柔的暮年

吾友，我在懷念，每當酒後……
難道只有豹才配得上鑽石墳墓？

當山山嶺嶺刮起了傍晚的風！
那英語老師還坐在堆滿畫報的床邊？

注釋一：「遠方的山脊中午呈現暗藍」，見谷羽教授所譯蒲
　　　　寧《卡拉布里亞的牧羊人》，《永不泯滅的光——
　　　　蒲寧詩選》，敦煌文藝出版社，2014，第143頁。
注釋二：「雨中飲酒，這裡春天涼爽」，見谷羽教授所譯蒲
　　　　寧《從酒館小花園……》，《永不泯滅的光——
　　　　蒲寧詩選》，敦煌文藝出版社，2014，第147頁。
注釋三：「鑽石墳墓」參見谷羽教授所譯蒲寧《豹》，
　　　　《永不泯滅的光——蒲寧詩選》，敦煌文藝出版
　　　　社，2014，第178頁。
注釋四：「當山山嶺嶺刮起了傍晚的風！」見谷羽教授所譯
　　　　蒲寧《冬天的荒涼與灰暗》，《永不泯滅的光——
　　　　蒲寧詩選》，敦煌文藝出版社，2014，第187頁。

2014-07-31

# 易怒

體弱的人易怒……兒童、婦女、老人、病人易怒
古老的南充，熱情的人也易怒；殘疾人天性涼薄？

易怒，日復一日，填滿了空虛（突出失去了平衡）
鼓浪嶼2014，人在夏天，一個學生最不可含怒到日落。

2014-08-07

# 孤獨的白

風起於林中空地
吹向夏日白晝——
平靜的大地，晴朗的公墓⋯⋯

白呀
莽漢派詩人的肚皮是白的

刺槐花是白的
燕子腹部是白的
光是白的⋯⋯

瞧，
白石橋一彎！它白得多麼孤獨！

2014-08-09

# 春事

遊客歡喜春腴，吃客便歡喜肥腴
昨天我們到蜀腴去，麥太太沒去過。
江南人呢，竟亦大塊樂道於蜀腴——

豬油夾沙包子，張飛牛肉下酒……
花自嬌媚，人無事，又在陰陰春日，

「文字非經濟，空虛用破心」——
這說的不是亂世詩人黃燮清，是你！
另一個海鹽人，醒著欲眠眠著醒，
燈也心焦，春也心焦，俞也心焦。

注釋一：「昨天我們到蜀腴去，麥太太沒去過。」參見
　　　　《張愛玲文集》（第一卷），安徽文藝出版社，
　　　　1992，《色・戒》第249頁（按：「蜀腴」是上
　　　　海1940年代著名的川菜館）。
注釋二：「文字非經濟，空虛用破心」見唐代詩人姚合
　　　　（約779~846）《閒居遣興》。
注釋三：「醒著欲眠眠著醒，燈也心焦」見晚清詩人黃燮
　　　　清（1805~1864）《浪淘沙》。
注釋四：「俞也心焦」，讀者一觀便知，我是說中國當代
　　　　著名抒情詩人俞心樵（他1980年代寫詩時叫俞心
　　　　焦）。

2014-08-12

# 詩人小像

悽入肝脾，哀感頑豔
是兒要嘔出心乃已耳

黎明梳頭人光陰輕負
殘燈酒醒人萬事皆空

注釋一：「悽入肝脾，哀感頑豔」，典出《文選・繁欽
　　　　〈與魏文帝箋〉》。
注釋二：「是兒要嘔出心乃已耳」為李賀母親見兒寫詩如
　　　　此嘔心瀝血所言，參見《新唐書・李賀傳》。

2014-8-12

# 各地不同

在揚州，你說三生杜牧，江湖載酒，十年俊遊……

在蘇州，她二更說一枚新月，三更說一眉黃月。

在南京，我說雞鳴寺日落聽雞，玄武湖風起玻璃。

等等，還有某個人隨手（暫）寫來三不如，在上海：
吹簫不如吹雪。吃鴨不如吃魚。看神仙不如看廊橋。

2014-08-13

# 紀念永恆
——給我的舅舅楊嘉格

（五十年前，我的舅舅帶我去重慶一個電工家吃過一
頓午飯，那電工儀錶含蓄，炒的京醬肉絲令我終生難
忘；在那個炎夏的正午，我甚至立刻改變了我對重慶
酷暑的印象。）


那是臨江門裡千門萬戶中的一戶
——一個電工之家，頂樓，正午


重慶的夏天風涼，因一盤青椒嗎？
因一盤松花皮蛋！一盤京醬肉絲！


廚師因某個夢發明瞭這個現實——
電工！——你正是那永恆的廚師！


重慶的夏天風涼，因我們三人的午餐
——我十歲，舅舅四十，電工三十；
因多年後幾人相憶在江樓，無酒便不眺望。


注釋一：「廚師因某個夢發明瞭這個現實」，見張棗詩歌
　　　　《廚師》。
注釋二：「幾人相憶在江樓」，見唐代詩人羅鄴
　　　　（825~？）《雁二首》及豐子愷（1898年11月9
　　　　日~1975年9月15日）畫作。

2014-08-14

# 帽子簡史

喜馬拉雅——最遠的寺廟
一個黑宇宙——戴笠漂移

豬欄酒吧，小謝清發——
鋼盔來自德國，夜半何人持山去？

快！什麼邊邊（重慶或武漢）？
紅雲一片，正落入那勞保藤帽裡。

2014-08-15

# 江山入夢

「七」——生命的週期——
在第六個七和第七個七之間
——四十八——註定要出現。

父親沒有了青春，孩子不會愛他
女人若馬？若犬？若豬？若蜂？
神，將如何挑選她們的生命？

吳頭楚尾，江山入夢……蘭成！
喝酒不兌水的人，是簡單的人
鬆開皮帶的人，是如釋重負的人

2014-08-16

## 比蛋還要白的神

就像一匹阿塞拜疆馬追隨一匹塞維利亞馬
將來，你也會回想起你年輕時的命運
——那比蛋還要白的神啊
他不想生活在希臘，他要飛去合川——

說什麼「錢決定人」，「酒是人的鏡子」……
說什麼進貢，是一個長夜，一個銀灰色的波蘭

鏡中之後，南山空燦；秣陵之後，白石空爛
德意志！「不管什麼樹，要栽，先給我栽葡萄。」

2014-08-16

# 回憶瑪麗・安，兼憶蜜謝依娜

—— 和布萊希特


高天亮藍，Pankow入秋
布萊希特在一株李樹下回憶：

瑪麗・安，吾愛；我的生活
我們的生活，別人的生活……

有何祕密呢？人，轉瞬即逝
宛如那朵雲數分鐘後便消失

在柏林，讓我想想，17年前
蜜謝依娜，你還記得那晚嗎，
你第一次來聽我朗誦夏天……

幸好，那風神是一頭金髮，如你！
幸好，並非只有親愛的領導
不眠聽電臺，因風恨西德……

注釋一：本詩題目取自布萊希特（Bertolt Brecht）一首詩
　　　　的題目：Remembering Marie A。
注釋二：Pankow，地名，位於東柏林。
注釋三：「宛如那朵雲數分鐘後便消失」，化脫自
　　　　Remembering Marie A（《回憶瑪麗・安》）中一
　　　　句：And yet that cloud had only bloomed for minutes。

2014-08-17

# 人在天涯老

詩魔酒魔，多出在臺灣
樹咽悲風，吹來六盤水

鮮宅一結構，精巧深幽
杭城一垂楊，隱了畫橋

馬鞍山門乖僻，誰來敲？
賣魚人呢，帶魚提魚到

2010，亢龍有悔，客愁
有新，鏡中無複有少年

別急，穿過涼林的科學家
春從別後拋，人在天涯老

2014-08-17

## 致遂寧

兼贈黃彥、胡亮、蒲小林

那小乘佛──十五六歲的樣子──
穿著乾淨布衣在村裡討飯──是美的

一株菩提從雞足山來到廣德寺是美的
緬甸小玉佛在玉印堂小四合院是美的

黃葛樹八百一十年，這有點令我害怕
此地黑夜安靜，這更有點令我害怕

吃太安魚的人總是那麼狂叫嗎，對面
空中，又見遂甯森林，我的夏日──

主管後勤的普覺禪師說了什麼我忘了
只記住了他的電話號碼：13882505572

2014-08-22

# 重慶

重慶，我們叫鵝，威威；叫魚，擺擺……
我七歲讀《錯斬崔寧》，從此錯過燈花婆婆。

「不要生氣，我們來到這個世界多麼短暫。」
「短暫？但我還是很生氣。」——重慶！

（一根針裡面有多黑？閃電——天笑！）

秋天教室裡遺留了一件襯衣，中學的桉樹
等著，生活等著……小心！人們戀愛即傾訴。

2014-8-24

# 別過

嗨，年來年去是何年？日來日去是何日？

渡漢水時，他在江心沉下了一把手槍；
近橫濱時，他又將一條手巾拋入海中。

南寧，雨後櫻桃，隔年老酒，我只吃過
滄州，青天白日，病鶴枯魚，我才經過

天開江左，地沖淮右，花園裡有一株梅樹
幾番隨喜，來自臺灣的自學者，我已別過

2014-08-25

# 風馬牛

繩牽秋風，棍走秋風，
牛馬風遙，港人治港？

煞風煞風，如杭如杭，
燈華月華，春華歲華。

冬纖餘幾許，在開封，
一匹白馬閒嗅小梅花。

2014-08-26

# 絕句（一）

霍小玉一眼看上了李十郎，
李慧娘當面遇上了賈似道。

教授生涯，歸來莫如爛醉。
淒涼犯海波未必有孤寒相。

注釋：「淒涼犯海波」，說的是詩人海波的一篇名文《淒
　　　涼犯》。

說明：

　　「絕句」——這種（當代的）形式與主題——出自
王敖。

2014-08-26

# 嫩牙清初

依舊，巷陌烏衣燕，揚州跨鶴仙
依舊，肥鵝入口化，豬頭蒸得爛

青海湖呢，還是鬍子！盲魚破浪
白頭山呢，還是辮子！抓耳風魔

並非清初，總是某閒人想起死者。
並非吾土，客去掃地，客來燒茶。

仙呂過曲・八聲甘州，嫩牙開唱：
逍遙到處不方便，白鶴一聲天地閒？

2014-08-27

# 將進酒

有錦心，阮步兵闌幹拍遍
有繡口，蘇子美漢書下酒——

洛陽不栽花，渝州懶種樹？
貌比桃花人，命絕梨樹下。

黎明，我將新詞寫春愁：

一杯苦艾說白了就是一輪日出！
蘇格蘭艾萊島傳奇杜松子是植物學家？

注釋：從大仙微博知：一杯苦艾說白了就是一輪日出（王
　　　爾德）。蘇格蘭艾萊島傳奇杜松子——植物學家。

2014-08-28

# 南朝遺事

柳麻子說書，王月生不笑
沈公憲輕逗，鄭妥娘不妥

栗棗芡菱榛，牛羊豬兔鹿
舊院寇白門，白門柳如畫

夏日長如年，何不連天醉
小杜揚州史，指點吹簫人

2014-08-28

# 桃花扇底送南朝

桃花難畫，因要畫得它靜。（胡蘭成）

黃昏出漢魏，黎明滅南朝……
避難！男有男境，即刻去南山
避難！女有女界，即刻去北山

東山、西山呢，蘇州？南京棲霞！
雪洞風來，雲堂雨落，山深樹老
昆生采樵，敬亭捕魚，朝宗修道

——讀書、臥遊，從此飛升屍解
白骨青灰長艾蕭，桃花扇底送南朝

注釋一：蘇昆生、柳敬亭、侯朝宗皆《桃花扇》中人物。
注釋二：「雪洞風來，雲堂雨落」，出自孔尚任《桃花
　　　　扇》第三十九出《棲真》。
注釋三：讀書、臥遊，從此飛升屍解；「白骨青灰長艾
　　　　蕭，桃花扇底送南朝」，皆出自孔尚任《桃花
　　　　扇》第四十出《入道》。

2014-08-29

# 飽吃餓吃事

十九歲，我絮根巴縣，有人說飽吃冰糖餓吃煙；
老了，有人又說，飽看燈前人，餓吃白蘭地。

可鐘祖芬卻在《招隱居》第十六出戲裡說了：
「若能餓了不吃，便可白頭廝守，……」
吳梅呢？「背起刀兒打起包」，餓心寫《剌焦》。

吃罷豆腐，瞿秋白為將來謀一碗飯吃去了餓鄉。
寫完詩篇，某個胖詩人餓了吃水果飽了就吃醋。

注釋：「吃罷豆腐，瞿秋白為將來謀一碗飯吃去了餓
　　　鄉」，出自瞿秋白《多餘的話》，其文開篇便說：
　　　「……這樣，我就開始學俄文（一九一七年夏），
　　　當時並不知道俄國已經革命，也不知道俄國文學
　　　的偉大意義，不過當作將來謀一碗飯吃的本事罷
　　　了。」其文結尾又說：「中國的豆腐也是很好吃的
　　　東西，世界第一。」「餓鄉」是指瞿秋白去俄國回
　　　來後寫的一本很有名的書《餓鄉記程》。

2014-08-29

# 東亞印象

柳色少年時，鼉頭似馬頭……

後來，還有人說，魚頭似人頭

魚——無論大小與死活，
一年四季都帶著哭相和老相。
全是魚婆婆，不是魚媽媽！

蒼蠅——在風中被風乾……

燒蛇蛋呀，縮短了母親的壽命！

2014-08-31

# 又一種相遇

有一種蘋果叫國光。

有一種木炭叫銀骨炭。

有一種灰叫淮陽灰。

有一種班叫「絜雨班」。

有一種屁股叫笑盈盈的屁股。

有一種土耳其老名牌香煙叫列日。

有一種職業在俄國叫「遺孀」。

有一種時尚叫洋務（有時也叫立憲）。

有一種狗兒歡喜吃茱萸果。

有一種三輪車有古文的味道。

有一種悲劇的本質是恥辱。

有一種來自非洲的優美暴君。

有一種男人是環保的而非浪漫的。

有一種愛爾蘭文明被丹麥人破壞了。

有一種清人的生活：出潼關，過風陵渡。

有一種宋朝最優雅的食品——橙釀蟹。

有一種說法：洛陽是老人的天堂。

有一種熱水器發出的聲音讓我感到成了別人。

有一種詩只能是男性的。

有一種靠思想活的人要麼單純要麼愚蠢。

有一種「古花如見古遺民」。

有一種男漢人的生活：吃下豬肉，射出精子。

有一種白色褲子總是遭人恨。

有一種烏雲下的明亮——吾愛。

有一種昏暗的白,令老人害怕。

有一種宜人的景色總是圍繞在老房子的周遭。

有一種詩歌中的捷克味,其實是一種民歌味。

有一種布拉格的老鼠有十寸大。

有一種志怪——齊諧——夷堅。

有一種歐洲精神?一粒Donckels巧克力。

有一種陰雨天為酒色天。

有一種中國畫法:水邊寺,柳邊樓。

有一種生活興味:一位可愛的母親叫臀部為殿部。

有一種女性化的日本要把人逼瘋。

有一種孔雀,在越南可以當老師。

有一種「雨是一件袈裟。」

有一種腿不僅宜於奔跑,也宜於穿毛褲。

有一種飲酒樣子:「杯若飛電絕光」。

有一種少年歡樂——飲酒哪得留錢。

有一種人生,只合揚州死或只合成都老。

有一種星星可以毀滅人。

有一種痛苦也是另一種娛樂。

有一種人專食:赤米、白鹽、綠葵、紫蓼。

有一種人越寫作,就越逸出他的生活。

有一種人喉頭大，屁股肥，威爾士人嗎？

有一種人趫捷而有膂力，適合當跟班？

有一種鼻孔乾燥，每天需要滴兩三滴魚肝油。

有一種「水庫是一個民族的潛意識⋯⋯」

有一種智慧樹、科學樹、情人樹、搖錢樹⋯⋯

有一種世上最好的豔遇《在巴黎》。

有一種老相是從那游泳家的頸子開始的。

有一種敏感性來自遺傳，與後天訓練毫無關係。

有一種春心輕漏，「一春須有憶人時」。

有一種輕率的慷慨不是令人遺憾，是令人難堪。

有一種觸電！勃朗特——十字架上的拿破崙。

有一種中國酒可媲美杜松子酒（金酒）——二鍋頭。

有一種熱——亞洲。

有一種詩思，在烏尤山下。

有一種秋思，專屬於漢文明的人世嗎？

有一種人（如你？）最不懂得適可而止。

有一個副校長，來自四川大學，他叫別墅為別野。

2014-09-01

# 三城

貴陽，涼風習習，山水寂寂
崇拜西方的狂人總是出在這裡。

長沙有古風，湘江之陰，大橘樹焉
流霞杯泛曙光紅，化蝶人變化鶴人。

成都呢，小巧玲瓏，夫妻肺片……
愛搞裝修的攝影男人總是最不自然。

2014-09-01

# 漁之道

文章漫道能吞鳳，杯酒何曾解吃魚。
——楊汝士《戲柳棠》


漁人之漁高尚乎？一個過來的人
隱人之漁高尚乎？一個看不見的人
詩人之漁高尚乎？一個一場夢的人
……


多少時光已成為過去，葉芝或老子
——你們授人以魚，不如授之以漁。

2014-09-02

# 仿卞之琳魚化石不肖

大雅北伐之後《論語》美如冬至。
碾玉觀音之前呢，孟子就大如年？

共和國，多少事，從來急……
生生之謂易也，卞之琳作魚化石。

2014-09-03

# 一揮而就（組詩九首）

—— 贈陳東東、梁小曼

## 想起一位詩人

山頭風姨（風神）至，樹下石燕飛。
你知道蒟蒻嗎？它可是魔芋的別名。
我知道佛生四月，毛蟲出嫁⋯⋯
我知道一株濃蔭裡，她在餵烏龜。

眾樹之中，唯「青岡」發音決絕。
呢喃——南京——唐為民——
「我病中的水果」；「秋天的戲劇」
⋯⋯

那舞在奧德薩的詩人，能聽見什麼呢？
聽見泥濘夜鶯，聽見葡萄死於果子而活於酒。

2014-9-4

## 吃事

他是一個有古風的南充人，他不吃蔥但吃豬肝麵。
他是一個有古風的廣州人，他吃鵝但不吃紅辣椒。
他是個作家，他餓，他吃過煤，他得了諾貝爾文學獎。

在撫順雷鋒曾為想吃炊事班剩下的一塊鍋巴而生氣、
內疚、懺悔……
在潭州我與其說是不忘杜甫，莫如說是不忘肉汁、肉
凍、肉丸、肉腸……

2014-9-4

## 煞是好看

那結紮香腸的細繩陰暗得油浸浸的，煞是好看。
那昆山奧灶麵一碗，在清晨，煞是好看……

那雙馬童（《梨俱吠陀》中一對兄弟神）煞是好看
——風是雙馬童的蜜，蜜是雙馬童的愛。

馬雅可夫斯基的陰天巨眼和電流鐵思，煞是好看

白鹿渡海，黑鳥越江，大象在水底跑，魚飛了起來，
煞是好看。

2014-9-4

## 愛別人是為了愛自己

日本，「公司裡的人六月有六月的可喜。」
英國，冬天的快樂總有一點惋惜（因為舒適）
什麼，連美國的雨點也比中國重？

那俄羅斯呢，「馬什麼時候睡覺，怎樣睡覺？」
那肛門是排泄物的歸宿，愛別人是為了愛自己。

2014-9-4

## 憾事

「唉，我的孩子，送檸檬給想要橘子的人有什麼用
呢？」
唉，春天蘋果樹或梨樹上的點點白花是失戀者自殺前
的凶兆。

1950年，美國飛機常來東德上空，投擲一種害蟲──
馬鈴薯甲蟲。
1953年，成都八里莊貨運站一處廁所貼有一張紙：偷
糞是可恥的。

2014-9-4

## 郵政綠

智慧與懶惰有關，但不等於懶惰。
鳥為飛而活，人躺下就不想起來。
何以見得他是個歡喜吃牛肉的人？
是因為他那同字臉，醬黃皮色嗎？

——黃臉油浸，黑臉烏金，白臉
男人，未必毛多情深，毛少義薄。

孤燈與其說是亮著的，不如說是睡著的。
我的童年有什麼呢！郵政綠、郵政綠、郵政綠！

2014-9-4

## 馬奶酒治肺病是俄羅斯的事

雞腳是涼的，死雞很重
鏟子是涼的，鏟土很重

衣服是涼的，濕了很重
西瓜是涼的，浮起很重

春蠶的氣味在風裡茫然
閒人因性急才注意細節：

賣蛋人為買者用燈泡照蛋
蕩子行不歸，志士玩易經

還用問嗎，日瓦戈醫生？
馬奶酒治肺病是俄羅斯的事。

2014-9-4

## 在重慶

在重慶，雲在天，水在瓶，風在吹，鳥在飛……
泥巴、保坎、棒棒（coolie），（抓飯吃的）血盆。

熱肉相湊──「酒窩是因皮膚連著肉而形成的。」
幾何！皮膚磨舊了衣服嗎？還是外物磨舊了它？

由於人人死期難料，你一生莫如就做成一件事：
每頓飯前，擺好那雙圓形筷子，使之不要滾動。

2014-9-4

## 詩意是這樣產生的

詩意是這樣產生的，夏天——舊書——童年——人生不老。

為此，有個軍長哭了，他信佛，也吃豬肉白菜豆腐。
為此，印度人在燒屍體的地方種下樹木。

而家庭天生的志向是一種獸性。杜拉斯一生最想的是殺人。
而「一個真正的讀者，從本質上說是很年輕的。……」

果戈理死後還在沉思什麼呢：烏克蘭的夜晚是什麼樣子？
魚！害怕雷雨，害怕地震前隱隱抖顫的寂靜，害怕聲音。

**說明：**

　　這九首詩是我今日凌晨5點至九點半左右完成的；午後，突然想到了用「一揮而就」這個題目總領各首，同時，幾乎是一瞬間，便想到了題贈給陳東東。為此，專門說明如下：這組詩並非內容，而是「一揮而就」這個姿態，適合我題贈的對象。

2014-09-04

# 風吹，黎明

（一）

風吹，吹來了狗叫……魚兒騰躍……
以及一個女人──她只愛閒人──

可很快就沒有人知道你們的故事了
可有一件事──燕子──令我沉思

（我沉思一隻燕子的飛翔……
沉思一個老婦和她的住房……）

（二）

風吹，吹來了1910年倫敦的黎明……
那葉芝式的無知又無恥的黎明呀，

那年輕的葉芝，真的，正在發誓：
我要找到馬廄，我要一把拔出插銷。

2014-09-07

# 論美

美的水果,除了蘋果,還能是什麼呢?
還能是香蕉,梨,桃子,但絕不是西瓜。

有幽氣的人,輕輕跳起,擦過水面——
美,在宋朝;十七世紀後的美是不自然的。

(華堂旅會,閒庭獨坐,只為聽柳七說書。
王月生好茶不笑,毀了多少人的金陵春夢。)

美是錯過的事:我只在夏日,你總在春夜。
美沒有想到,那慢騰騰的人竟是個亂來的人。

2014-09-07

# 古歌

棗欲初紅時，人從四方來
古歌有八變，努力加餐飯

有所思後有所詩。大海南
晨風懷苦心，臨風送懷抱

那顆地震時顫抖的暖蛋呀
——動亂後，它需要休息

2014-09-08

# 絕句（二）

泰山上，曹植說某人的妻子像禽獸
到廣陵，你就說仙翁操不如別鶴操！

一沐三握髮，一飯三吐哺，急什麼
重慶，會有一行詩適於念給大氣聽

注釋：「泰山上，曹植說某人的妻子像禽獸」，參見曹植
　　　《泰山梁甫吟》。

2014-09-09

# 絕句（三）

太晚了，在杭州，詩建設
要咖啡麼？還是要都市報？

太晚了，無論她走到哪兒
她身上都揣著一個比利時。

2014-09-09

# 絕句（四）

生活——我的姐妹？老帕
你還在春雨中的早班列車上嗎？

可是無穴處，何來識春雨……

吾國沒有魚子醬，唯有嘉興
一戶人家，鱔段黃澄，幹絲柔嘉。

唯有張華那《輕薄篇》：姍唱出西巴。

注釋一：「生活——我的姐妹？老帕」，是指帕斯捷爾納
　　　　克的一首詩《生活——我的姐妹》。
注釋二：「一戶人家，鱔段黃澄，幹絲柔嘉」，說的是詩
　　　　人鄒漢明在嘉興的一位美食家朋友陸明。

2014-09-09

# 因謝靈運而作

「江南倦曆覽，江北曠周旋。」
頹廢的人並不是遊山玩水的人。

《金薔薇》究竟是一本什麼書？
有恨，就總有幾個年輕的壞人。

可思慮恬淡的人，觀萬物皆輕
意氣愉悅的人，道理從不相違

那謝靈運得盡養生年麼？未必。
那幼童慢度歲月，謂言可久長。

注釋：「江南倦曆覽，江北曠周旋。」見謝靈運《登江中
　　　孤嶼》。

2014-09-10

# 談圓

長河落日圓麼？生死之圓！在成都
文迪兄是否還需要那圓圓的乳房？

李太白：仙人垂兩足，桂樹何團團
車前子！你青年圓潤，老了嶙峋

張棗，我讀你的《祖母》之圓，想到：
有個少小憂患的人，玩有竭而興無已

圓景——宜於佳人而不合去人——
我老了再來，讓你們看看我圓圓的老相

2014-09-10

# 清晨，想起撒嬌派

帶鴨舌帽的上海男人是否需要一個陰莖保暖套？
學習速記的人呢，難道就不能像詩人那樣撒嬌？

對於重慶畫家來說，防汗鞋墊比防汗襪墊更重要！
對於耶利內克來說，「納粹雪」是「燃燒著的卡珊朵
拉」。

這時，他剛好把他的黃臉伸進門裡；問一聲：吃了沒有？
這時「德國女郎的身體看起來好像是由大理石和火構
成的」。

2014-9-12

# 為什麼平壤令人走神

思江海游的男人，未必不做朝市玩
下揚州才知「天曙江光爽，得性隨怡養」
……

朝魚與夕魚，晨鳥與暮鳥，夜晚與代數……
都好。東山東、西山西、南山南、北山北
——電腦上有個駝背，楊偉司機便開始怪叫：

為什麼平壤令人走神？為什麼在社會主義
我們很早起床？是為了急急等待黎明的來到？

2014-09-13

# 鮮紅

這鮮然，如果真是鮮紅，多好……

1987年，長江南岸的種子公司
是一個機關，裡面有假山和涼亭
有一個週末三樓年輕的秋天

你剛從北碚，西南農學院來……
為了遇見一個人，時間只有五小時！

很快，日落水靜，生意無多，惡人寫詩。
如今昔昔鹽即夜夜曲也，還是惡人寫詩……

2014-09-14

# 已逝

風已逝，我們發育完了的初中已逝。

你朝我走來，無盡的林蔭道也走來
南京的黑夜，明故宮最黑的冬天

昔日年輕的雲南，曾筆直如雲如水！
1978年早春二月，你才剛開始晨唸。

散步，我突然想起……還是雲南嗎？

你那喜歡莫里亞克的科學家哥哥作別了
上海，你美麗的母親，爸爸和姐姐……

我開始尋找你的過去，寫下人生錯過的詩篇……

2014-09-14

# 揚州夢

獨鳥下東南，廣陵何處在？
—— 韋應物

我曾在維揚的街頭想起兩個醉別江樓的人 —— 魏二、
王昌齡……
我曾在廣陵刻印社黃昏的庭院觀看過燕子何其微眇，
飛來三兩黑色

張智和李冰，清晨，富春包子，還有體育教師張志
強，又何其昂藏
這裡的居民清潔，有秋冬之美，青年們安度晚年。
1989年的左邊呢

客心飄搖的人呀，該如何安頓，在揚州，你該怎樣進
入一座夢中之城？

2014-09-15

# 我的小學

黑夜來臨，學習結束
黎明之前，亡命停止

王老師請不要在正午
打你過繼兒子的手板

浪漫的代課女老師請
不要說那失蹤的燕子

王維：「魚眼射紅波」
王維：「南風五兩輕」

王維，舊人看新曆呀
讓我們重回大田灣小學！

2014-09-15

# 遊戲

是風景常在回憶著觀景人
是李白，令人長憶謝玄暉

漢水鴨頭綠，麗水龜頭烏
暮春五月，當翻作清秋看

世無洗耳翁，但有洗腦人。
去問元好問，我們該怎麼辦？

可總有兩個桃子殺死了三人
還剩一人？晚上尿白，清晨尿黃。

注釋：「可總有兩個桃子殺死了三人」，典出「二桃殺三
　　　士」。

2014-09-16

# 李白


人行鏡中，鳥飛屏風
新安江上，你在哪裡？

古樹下，魯酒不可醉！
更勿需與落花爭別恨

我我我，我病如桃李
我我我，我竄三巴九千里

興來攜妓恣經過——
一枚青玉案，南涼歲月輕。

2014-09-16

# 間諜（二）

熱海有炎氣，憶昔好追涼
——題記


——暗淡而永恆的間諜
在隆冬銀灰的太陽下，
因自戀住在流水環繞的城市
為長壽在暴風雨中聽收音機

一九二七年，哥本哈根？不。
烏普薩拉——地理學即軍事學
他，寧波人，終其一生偏愛北極光！

2014-09-17

# 煉句

霧吞樹、煙吞樹、雨吞樹⋯⋯
之後，

葉落地有聲，花落地無聲；
葉落地迅捷，花落地軟弱。

之後，
越女天下白，鑒湖五月涼。（杜甫）

2014-09-17

# 來煎人壽

—— 和李賀

有個人服金，壽如金？
有個人服玉，壽如玉？
有個人食熊，如如肥？
有個人食蛙，的的瘦？

安靜的聲音總顯得新。
安靜的東西總顯得舊。
秋映藍鋼，冬來燈紅，
惟月寒日暖來煎人壽。

**說明：**

　　此首詩緣於讀李賀《苦晝短》。有興趣的讀者可尋來此詩一讀。

2014-09-19

## 致張維

沒事風生風，鳥飛傳涼意……
別來可無恙，張維兄？
我還記得那軍師好易經。

夜夜夜白，彼得堡——
——日日日黑，奧斯陸——

（在吾國，應「有園多種橘」）

多多嗎，也是東東，也是龐培
今晚酒別常熟市，朝雲已入上海天。

2014-09-20

# 茶息

風來枕簟涼快，且飲一杯煎茶
書灰午後，深樹歌吹……
讀「一種青山秋草裡」
可「有個仙人拍我肩」？

放眼看秋秋去也，射雕山東
小兒莫怕，皮日休也叫皮襲美

2014-09-20

# 深秋，南京

深秋，雞鳴寺畔犬吠雲，燈依古岸，露滴梧桐，暖輕
恨重……
憑窗望，暗樹亦有姿，蕭德藻「不作蒼茫去，真成浪
蕩遊。」

深秋，富貴江山多，宋詩青春小，南京城翻作長春
城……
登臨人問：江陰有無浮遠堂？我說：莫問戴復古，但
問鬱志剛。

2014-09-21

# 飲老酒

那蛺蝶斂翅，那枯眼見骨。
那醜樹嫵媚，那潦倒略同。

那瘦精神，是一種土特產。
那老人不是臉紅，是酒紅。

2014-09-21

# 變

發生秋風，雲卷歸心，紙矮斜行……
風雨亂，魚目亂，牛尾烏雲亂……

七十二變太少，「何方可化身千億」？
分分秒秒裡，人在倫敦，人在滄州。

2014-09-21

# 春日行樂圖

去問吳錫疇，且將春句送春工
去問陳師道，輕衫當戶晚風長

吳天越地，煙直作樹，橋彎趁水
那懂得邂逅的人呢，才懂得行樂。

2014-09-21

# 水果雜說

西瓜大如年。香蕉長如夜。
廣柑是一種懷舊的水果
——我的母親，我的童年。
櫻桃，多麼現代。橘子呢
宜於冬天重慶的火塘邊邊。
菠蘿蜜——佛陀的心經啊！
南宋臨安柚子。木瓜臺灣。
檸檬是少女之心嗎？甘蔗
弟弟。獼猴桃愛上了新西蘭。
盛大夏日出自中國枇杷麼？
柿子選鄭州。草莓定英國。
火龍果渡海。芒果柬埔寨。
榴槤苦月亮可與波蘭無關。
李子巴縣記。棗子長沙紅。
橄欖古生物。椰子窮人的奶。
楊梅午後，重慶人民大禮堂。
荔枝，難吃。梨子，優雅。
葡萄美酒夜光杯。唉，蘋果
我的神！桃子早開始西遊了。
山楂呢，它真的屬於俄國嗎？

2014-09-21

# 蘭溪

風氣百年烏桕樹
江山滿目憶兒時
春落廚房春意濃
石階青青雨瀝瀝

草草杯盤供語笑
昏昏燈火話平生
燈花圓圓若米粒
明朝我要寄當歸

2014-09-22

# 間諜王

那個少年時節的江山征蘭（多麼女性）
已「死於」廣州，為入黃埔我更名戴笠
「君乘車，我戴笠，他日相逢下車揖」

後來，我的軍統「局歌」是這樣唱的：
革命的青年，快準備，智仁勇都健全！
掌握著現階段的動脈，站在大時代的前面！
……

南京小春風，傾灑銀瓶酒——
言慧珠是我的朋友，佛陀和天主是我的朋友
當然，章士釗，還有蝴蝶，也是我的朋友

時間過得真快呀，我還來不及想念
我那打流上海小東門十六鋪的歲月
那也是我的「陶冶」階段……我現在忙得很！

1934年11月14日，史量才被擊斃於田野
密電抵達：一部二十四史，已在杭州購得。
我翻雲覆雨的心終有了片刻無躁，接下來呢？

又是那首「局歌」響在了我的耳畔：
貧賤不能移，威武不能屈，
維護我們領袖的安全，保衛國家領土和主權！
……

一笠戴春風，一蓑漁歌子，戰地大風來……
我少女的手還經得起這「刻意傷春複傷別」麼？
我依舊面帶馬相，衣冠清潔，消失在景色裡。

2014-09-22

# 七嘴八舌

丁複說：賣魚得食少，懸魚憂患多。
我說不刷牙的人不配談法西斯主義。

誰說的？輕薄的東西是票但不是玻璃紙；
好聽的詩人名字叫麻革，他來自金朝。

前句汪元量，後句范成大，他們還在說：
不去徐州，何以知「白楊獵獵起悲風」
不去蘇州，何以知「世界真莊嚴，造物極不俗」

注釋：「我說不刷牙的人不配談法西斯主義。」為什麼？
　　　法西斯主義者樣樣壞，但有一個優點：他們很愛清
　　　潔、很講衛生。

2014-09-23

# 一種宇宙意識

黃白絲出蠶口，長短縲出婦手
紡車呢（包括甘地的）我想想

何謂各有去處，何謂量體裁衣
你陽光滿身也只有一米七的陽光

注釋：「黃白絲出蠶口，長短縲出婦手」出自舒頔
　　　（1301~1377）詩《縲絲歎》。

2014-09-23

# 奈何

風滿吳楚，魚市水腥
生活裡到處都是牛二
那中間小謝又清發呢
清外清，只在宣城走

又讀桃花如雨八駿叫
又讀春山怨在雙眉間
唉，庾信眼是蕭瑟的
唉，傅山的文是空的

2014-09-24

# 尋人

昨夜金瓶梅，今朝紅樓夢
短兵相接處，玄氣銷殺氣

好偏偏，天無醉，地埋憂
又偏偏，時染小病的少年

不是金聖歎？三十五年來
牛馬走，是屠隆，不是蒲隆？

2014-09-24

# 茶奶酒

杜濬吃茶不吃飯，恨熱？
幸好，他從不吃牛奶。

（法細牛毛，在先秦
——該法典來自商鞅）

很快，牛飲人變囚飲人。

送奶人呢，活著送牛奶。
送奶人呢，死後埋大地。

2014-09-24

# 琵琶行

要黃就像越南那樣黃。
要熱就像廈門那樣熱。
難道要白要像魚肚白？

五風十雨夜，湯顯祖
說什麼都城渴雨。聽
水下有藏魚，剛好黑。

「咬春燕九陪游燕」！
不是金陵余杜白。誰？
黎明的琵琶啊，吳偉業。

注釋一：「五風十雨夜，湯顯祖說什麼都城渴雨。」參見
　　　　湯顯祖詩《聞都城渴雨，時苦攤稅》：「五風十
　　　　雨亦為褒，薄夜焚香沾禦袍。當知雨亦愁抽稅，
　　　　笑語江南申漸高。」
注釋二：何謂「余杜白」（不是魚肚白）：專指有明一代
　　　　末尾，金陵三個詩人，余懷、杜俊、白夢鼐。
注釋三：「咬春燕九陪游燕」，見清初詩人吳偉業《琵琶
　　　　行》。

2014-09-26

# 辯證

人生沒有錯過，何來詩歌
——缺了邊才，哪來博學

在四川寫怪客者叫楊怪客
在廣東寫魚蝦者呼祁魚蝦

讀秦紀知人間猶有未燒書
觀蘇州曉文革還余紫金庵

海作山山為海，鏡爛長天
東紅西白，誰來夢遊天姥？

一揮而就恰是光明的對稱
它單指希臘？不，也說上海

注釋一：楊怪客指當代四川詩人楊黎，他以早年一首《怪
　　　　客》名揚天下。祁魚蝦指清朝廣東詩人祁文友，
　　　　他以《出郭》詩「一夜東風吹雨過，滿江新水長
　　　　魚蝦」見賞於王世禎而聞名。
注釋二：末二句是以「光明的對稱」之希臘詩人埃利蒂斯
　　　　與當代上海詩人陳東東相比附。

2014-09-27

# 景德傳燈錄

英雄種菜，莫非劉玄德
閒人煉字，豈止蘇味道

起風惹酸，當在成都
愛哭男相依于望江樓頭

蜀山青總不如蔣山青
射虎入石糾偏重中之重？

就為那刺亮的南極星啊
某寶應人翻作新西蘭人

看今朝，和尚少（基督多）
泥牛入海事，景德傳燈錄

2014-09-27

# 小人錘子兮兮

有小人錘子兮兮，爛牙一口，入秋
——啃不完這一個個黑豬頭⋯⋯

聽清楚了，那另一個女小人！
橫出銳入是古風，不是你們的雙屁眼！

山大天小，低聲問，在人間：
為何佛陀袒露了右肩，殺死他
為何鬼母戲弄了青蓮，殺死他

還有個人醉兀兀又醉嗚嗚，嚇死他！
世外年華事，袁子才招魂只用美人妝

2014-09-28

# 一天

晨，天氣脈搏——平靜，到了正午，吼！
有雨午後，有色顛倒，有某人一天一詩殺某人

時過境遷，新晴剛染上蕭寺，明燈便映出深樹
吾國太古不通往來？吸煙人踏上一座圖賓根小橋

2014-09-29

# 來作神州袖手人

煙月揚州玩什麼？遊仙之後看神仙
激電搜林憑什麼？鷹眼之後是鴿眼

江山從來不宜秋，少女一夜變白頭
去問赫塔・米勒麼？還是廖亦武？

不。有一種心境，陳三立已替你說了：
「憑欄一片風雲氣，來作神州袖手人。」

2014-09-30

第四季

冬

# 兩難

疝氣男很害羞。
女感冒迎來晴朗。

聰明人在於就範
經濟人樂於軟磨

兒童登門學英語
斂才人已腦溢血

身體先於衣服死
死總讓死難為情。

2014-10-02

# 聲音練習曲

我們已擦去了寶刀的露水，為免生銹。
可缺了國王的尼泊爾仍覺得少了什麼？
什麼！尼泊爾聯邦民主共和國唱東方紅？

「昆明夜半又飛灰」該問胡天遊還是
雷平陽？嘉興人愛寫詩，聲音大得很
先秦人聲音更大，他們寫詩卻不認人

那株1984年的幼樹呢，你死後繼續活著。
歌樂山巔，我找了三十年的那個聲音可在？
「心藥心靈總心病。」是龔自珍而非沈顥兄

2014-10-04

# 古余杭

山肥河瘦，風雨牛頭。宋！
有個南方來的粗人叫華岳。

胡村月令呢，有菩薩三尊
社肉須買豬？社戲任人睹。

黑夜西冷，棋子閒敲燈花落
駸駸逼人非光景，是野酒！

水啊！恨慳晴的人是城裡人。

注釋：「恨慳晴的人是城裡人」，有個出處，見宋代詩人
　　　蕭立之《偶成》：

　　　雨妒遊人故作難，禁持閑了下湖船。
　　　城中豈識農耕好，卻恨慳晴放紙鳶

2014-10-05

# 微物之神

破鏡半圓，夫婦一邊各執
螢火點點，車胤聚之照書

東柏林，驚白髮三千一根
嘉陵江，掬源頭活水一滴

當是微物敢齊肩麼？王維
不。是微物之神，在印度

注釋一：第一行詩，參見《神異經》破鏡與飛鵲的故事。
注釋二：第二行詩，參見《晉書‧車胤傳》，車胤螢火夜
　　　　讀的故事。
注釋三：「微物敢齊肩」，見王維十八歲寫的詩《哭祖六
　　　　自虛》。
注釋四：「微物之神」，印度作家阿蘭達蒂所著的一本小
　　　　說的書名。

2014-10-06

# 非此即彼（二）

那避世高人為何
不選首陽選黎陽？
林檎樹誕王梵志？
河南河北總相宜？

誰人家有邯鄲娟？
相逢意氣成文學。
莫道雲南有邊邊，
說書人又存文學。

注釋一：隋末衛州黎陽（今位於河南）城東十五里處，有
　　　　一戶人家叫王德祖。這一年，他家的一株林檎樹
　　　　生了一個大如鬥的瘤子。三年後，這瘤朽爛了。
　　　　德祖見狀，去那樹上將瘤子皮（即裹在瘤外的樹
　　　　皮）撕開，其中一個孩子砰然而出。德祖驚異卻
　　　　又大喜，當即收養之。這孩兒長到7歲時，突然
　　　　開口問道：「誰人育我？褪何姓名？」德祖指點
　　　　院中樹木並告訴他為林木所生。遂名王梵天，後
　　　　改為王梵志。
注釋二：「家有邯鄲娟」，見王維詩《濟上四賢詠三首》
　　　　之《成文學》。
注釋三：「邊邊」，「存文學」，見當代雲南詩人雷平陽
　　　　詩《存文學講的故事》。

2014-10-07

# 往事（1984）

夜霧裡，戴上白圍巾散步
她就立刻變成一位鋼琴教師？

舊事莫提……楊偉不變——
他六十歲仍像十歲那樣甜蜜

銀鈴般的小話兒唱著燕子歌
1984在川外，奧威爾在哪裡？

誰說哲學家在今天並不憂傷
唯來自波恩的顧彬是個例外

嚴滄浪有感於「巴蜀連年哭」
那是為了享樂嗎？請別回答！
天——會因聲音的震動而落雨

注釋一：楊偉，四川外語學院日語系教授。
注釋二：川外，四川外語學院的縮寫。
注釋三：奧威爾（George Orwell,1903~1950），英國作家，代
　　　　表作正是國人一天到晚津津樂道的《一九八四》。
注釋四：顧彬（Wolfgang Kubin），波恩大學教授，詩
　　　　人，漢學家。他因為發明瞭二鍋頭酒（當代文
　　　　學）劣於五糧液酒（現代文學）的潛文本說法而
　　　　在中國名聲大噪。

2014-10-07

# 秋來八首（組詩）

## 漢人生活經

讀春曙抄，知吃草魚宜於夏日。
寫壽命經，知吃洋蔥宜於冬天。
觀積善寺，曉吃稀飯宜於鹹菜。
游水井坊，曉吃油條宜於豆漿。

雪天高地殺鵝，秋風板上宰鴨，
春雨霏霏殺豬，赤日炎炎宰牛。
在人間，並非只有光寂禪師才
眼似木突，口如扁擔，無問精粗。
並非一一毛中，皆有無邊獅子；
無邊獅子，皆入一一毛中。

2014-10-08

## 常識

風傷喉嚨，霧害關節，注意感冒！
無人關心身後事，又有何不妥？

屁股少肉，莫騎快馬，謹防摔倒。
舉目無親，何以解憂，立即犯罪。

「不要張嘴——風大。嘴閉緊了」
某賤人命再硬，睡覺仍忌朝東方。
鶴髮童顏者得道成仙了嗎？老了而已。

2014-10-08

## 人生的故事

人生的故事，也不必讀完，
要能突然分手，不動感情，
……（歐根·奧涅金）


落葉如魚，夜叉含煙……
那燕子尾巴飄火，低飛於
偏離異托邦邊緣的養老院


有個人一月不梳頭，學老杜？
有杯酒，他便百年渾得醉……


淒淒去親愛，森林可怕嗎？
你帶著黃昏森林空氣走進來
我深深吸進一口，舒服極了


浪費發著抖，在養老院之外
我們一個勁兒地結婚成家——

遠離醫療工作的難眼。俞銘傳！
可太少人懂得悲痛是一種智慧
沒有了老樹的城市，愛就失去

2014-10-8

## 中日小箚

餘春，我們會想到
中國人有餘，因此隨便
日本人無餘，因此認真
而臺灣濕熱，瞌睡多……

晚冬，我們會憶起
火車到站，輪船抵港
都發出一種哀意的聲音
那是因為旅途結束了？

初夏夜，周作人在譯詩
日本的夏天是怎樣的呢
猶如苦竹，竹細節密
頃刻之間，隨即天明

而深秋夜，當林黛玉說
人有吉凶事，不在鳥聲中

龔自珍便成為自己的知己：
江左晨星一炬存，魚龍光怪百千吞。

2014-10-9

## 新舊社會

舊社會，要小心錘子，小心狗兒，小心雞公車⋯⋯
新社會，如果說臭蟲是革命蟲，那肺癆菌就是解放菌。

可為什麼共產黨員的牙齒總是白的？但生命是廉價的？
記住語錄：豬。限制每家餵豬的數目，因為豬吃去谷米。
──毛澤東：《湖南農民運動考察報告》

2014-10-9

## 論異同

同一件衣服，因不同的人穿它，而顯出不同的命相
同樣是性交，「白日性交是消耗。夜晚性交是梵行。」

同樣的樹木，日本的樹木多為小葉子，中國乃大葉。
同樣的漢人，寧波人漂亮的多，我想是沿海史前人種
學關係（張愛玲）

同樣作詩人，馮雪峰偏愛小詩卻吃大肉；袁水拍唱著
祖國歌，拉起手風琴
是的，多肉的方形指頭適於彈琴，並非十指尖尖。而
美是空的，從不多肉

2014-10-09

### 詩歌編輯

既然富於你聲音，詩人，其餘的──該統統捨棄（茨
維塔耶娃）
聽，金克木已開口道：「年華像豬血樣的暗紫了！」
朱湘之《白》呢，「白的衣衫，白的圓肩膀，你們多
麼可愛！」

馮乃超有間諜之美？他低聲對我講外白渡橋有一副鋼
鐵骨骼。
沈從文一離開湘西，便愛上了「舞若淩風一對奶子微
微翹……」
謝謝穆木天，從你的詩裡我只記住了十六個鬼，這就
夠了。

「皮革縱隊，嗶嘰縱隊，綢緞縱隊」……（俞銘傳
《拍賣行》）

「但我們憑藉正義，穿起了短褲⋯⋯」（王佐良《詩兩首》）

冬的奇境，豈止人瘋？「茶色發起瘋來了」！（徐遲《夏之茶舞》）。

2014-10-9

偶想起

那提琴令我偶想起那提琴手⋯⋯

因為年輕，因為不死，因為害羞，因為皮膚白，唇癌，不好⋯⋯

那衰老令我思念起那衰老人⋯⋯

他風起頭髮，電生皮膚，作為副書記，文章無光陰之感，不好⋯⋯

2014-10-9

# 鄉愁

哪一年，他的說話聲若晨風拂過
夏天！嘉陵江橋頭，1972……
（那也是安徽人李商雨未來的命運）

四十年後，西風仍吹二兩，什麼！
某江海麗人（早已離開了幼稚園）
在斯德哥爾摩海邊，愛上了宋代？

白夜鋼琴，重慶之美，她要避難！
遠方，我在老去，西去列車的視窗
老去，高中時代的外交官王曉川老去

韓國小司機，伊朗人，庫爾德人……
懷仇的人，失去祖國的人，織布的人
你們豈有閒光景去想一生當穿幾雙鞋？

世界呀（並非兒童才有這麼多的問題）
——為什麼厚嘴唇的美食家會這麼少？
彭逸林！吃牛尾湯的少年註定要算一個。

2014-10-10

# 心齋

江左風、建安骨、韓愈體……
學自然需要一顆齋心，非雄心
而人生的素風全在於和光同塵

你說風日豈止蜀道難、鹹陽慘……
江南僧坊多貝葉，菩提一樹傳秀麗

新年破曉置酒，整頓身體讀經，誰？
用直陸龜蒙，坐一坐，走一走，看一看
有人有心苦，有人無心樂，有人酷得六朝氣

注釋：心齋，謂摒除雜念，使心境虛靜純一，語出《莊
　　　子‧人間世》。

2014-10-11

# 吃藥與頹廢

（吃藥是一件享受、唯美的事）
康同璧一生吃了多少阿斯匹林？
清晨，我們來細究西來藥品史……


氯吡格雷，奧美拉唑；硫酸氫氯
經過了深圳浩瀚波濤送來個泰嘉
人的命理皆出於複雜的藥理……


如今有一種抄手叫老麻，你未嘗得
如今來自湖南的年輕人都頹廢得很
而重慶初秋夜的泡桐樹更是頹廢……


注釋一：康同璧（1883年2月~1969年8月17日）廣東南海
　　　　人，康有為次女。她生前為養生，每天必吃一粒
　　　　阿斯匹林。
注釋二：泰嘉（硫酸氫氯吡格雷片），生產企業：深圳信
　　　　立泰藥業股份有限公司。
注釋三：「抄手叫老麻」，指近兩年來風行於四川、重慶
　　　　的一種食物，該食物取名為「老麻抄手」；抄
　　　　手，即雲吞、即餛飩。

2014-10-15

# 河南（二）

河南別有意思，因大象出版社？
我可七歲識得官渡卻不知是鄭州

河南，愁思多起於向晚，讀唐
但莫問老杜，問閉窗下那讀報人

洗心革面是誰，開軒平北斗是誰
淨瓶清華，竹笠輕安，又是河南

注釋：「開軒平北斗」，見袁世凱詩《登樓》。

2014-10-16

# 於是

頭陀苦行也，南潯，我訪隱喻
張靜江？哦，不，袈裟—水田衣
……

於是香積如來，於是李亞偉——
成都香積廚？嗯，一枚鐵觀音……

窄巷也，窄門也，窄縫？
於是蒟醬，於是印度，於是笑……
於是躍馬肉食，於是酒家胡，於是吹笛妓

2014-10-16

# 重慶初秋像異國

好多次，偏偏突想到一地一人
蔣山下，有個「南農小蘇州」——

姓陳，吸煙狂、說話狂，穿喜感草鞋！

唉，老人大病後歸家，慢慢走……
英俊事：虎賣杏兮收穀，棗如瓜（王摩詰）

青春呢：幻覺紅岩，鄭克昌怎麼死了
重慶初秋像異國？夜樹晻曖，日樹氛氳

注釋一：「南農」，南京農業大學的縮略語。
注釋二：「小蘇州」，一南京農業大學陳姓學生的綽號。
注釋三：「鄭克昌」，《紅岩》小說中一個消瘦而帶學生
　　　　氣的特務。

2014-10-17

# 下一個割膽人是誰

下一個來他病床睡著的是誰？
之前來他病床睡過的又是誰？
「來者復為誰，空悲昔人有」

他說他開刀時肚皮要打四個洞
肚子要吹來脹起若大氣球——
為割膽。恐懼事我卻聽得笑了

他的烏嘴嗎，他吃麻辣巴倒燙
他的黃牙更逗人。文雅寂寥久矣
身邊人註定遭割膽，一個接一個……

注釋一：「來者復為誰，空悲昔人有」（王維《孟城坳》）
注釋二：「巴倒燙」，四川、重慶方言，意思二分：一指
　　　　非常燙的東西（尤指食物）緊貼著人的嘴或喉
　　　　嚨。二指碰到了燙手的麻煩事。如今多用於形容
　　　　川人吃火鍋的興奮勁。順便說一句：「巴倒燙」
　　　　甚至還是一個重慶火鍋品牌。
注釋三：「身邊人註定遭割膽，一個接一個……」，僅僅
　　　　是說這麼多年來，我身邊的熟人朋友（其中也有
　　　　兩個我身邊的壞人）不下十人，都因膽結石而做
　　　　了割膽手術。

2014-10-18

# 非非（二）

人間世白道黑道，白法黑法
但可惜醜婦生瘡，雪上加霜

某人青春來寫詩，患得瘦腫
倒莫如暢以觀魚，兼之淚圓

他名字本習離，此心還不知？
香港客孤生小島，下莞上簟

非非！成人不自在自在不成人
非非！山水吾喪我，老子隨老來

注釋一：「白法」佛教語。一切善法的總稱。惡法為黑法。
注釋二：「名字本習離，此心還不知」，見王維《題輞川
　　　　圖》。
注釋三：「下莞上簟」，見《詩經・小雅・斯干》。
注釋四：「成人不自在，自在不成人」，見羅大經《鶴林
　　　　玉露》第九卷。
注釋五：「吾喪我」，見《莊子・齊物論》。另：「山水
　　　　吾喪我」是從王維的「山林吾喪我」（見王維
　　　　《山中示弟》）化來。

2014-10-19

## 常熟之思

花迎劍鋒，當在早春之常熟。
而酒隨雪天，恰逢了冬至

圍棋賭別墅，人和人不同
戰後小史家可比不上小詩人

孝子七十，穿上彩衣
舞蹈！但莫問舞蹈者是誰

雞白、狗黃，香象渡河——
什麼？波蘭黑竟是康拉德之黑！

注釋：「孝子七十，穿上彩衣」，是說春秋時老萊子孝養
　　　二親事，可參見成語「彩衣娛親」。

2014-10-19

# 人們

我們
春來江南，老去塞北，懶話西東
可某人成天就捉起一個手機照相

你們
追涼風時，心要放下。但得記住
我多次說過的事：鼻孔迎面不好

他們
漱口之後，跨上摩托，縱遊洛陽
何故，一日三見面，一年七奔命？

2014-10-19

# 致林克

在成都，花園悠閒但很難古老
我們用雞汁鍋貼與花生米下酒
不是麵包，更不是洋蔥、土豆。
橘子的氣味真是好聞呀，透來
一股童年的暮色，鏡子-冬意
紙箱打開，怎麼會有餅乾味道？

香的總是年輕的，我見過多少
嶄新的優酪乳青年迎風跑過嚴寒
……香的也是老的，我見過多少
翻譯家直喝到年高德劭的盡頭

安身處已給淡泊之人準備停當
可誰說孩子們就一定喜歡童話
神祕的鑰匙只為開門嗎？請聽：
燈光並不只為了照亮，也為了消失

注釋：「安身處已給淡泊之人準備停當」，見林克翻譯的
　　　《特拉克爾全集》之《林邊的角落》，重慶大學出
　　　版社，2014，第48頁。

2014-10-20

# 遊戲詩

森林有一種宜於男人的單調
大海有一種宜於女人的狂喜
對稱性之於相對性，卞之琳

難道只有圓眼人歡喜吃麵條？
難道只有少思人愛上遊樂場？
菜田裡怎麼會有一股牛奶香？

黑夜─愛情─南京─呼吸─人生
和平即踏實，話（不是氣味）
才多了起來……樫木王圖尼埃：

中國真有樫木樹嗎？當然！
四川樫木、貴州樫木、江南樫木……

注釋一：「樫木王圖尼埃」，指法國作家圖尼埃（Michel
　　　　Tournier）寫的一本小說《樫木王》。
注釋二：宋祁《益部方物記》：「樫木蜀所宜，……」蔡
　　　　夢弼曰：《蜀中記》：「玉壘以東多樫木，易成
　　　　而可薪，美陰而不害。」

2014-10-20

# 頭腦裡有黑海

還用說嗎？每當我讀到：
「蜜蜂嗡嗡，鶴鳥飛翔。
復活者相逢在黃昏的山路上。」
我就會想起一個人，命星一閃。

德意志飛鳥釋義？白馬衝出森林！
圓眼睛（無論東西）終要回到圓裡去
人將死（任百年），唇如謎……
頭腦裡有風暴？不，頭腦裡有黑海！

注釋：「蜜蜂嗡嗡，鶴鳥飛翔。/復活者相逢在黃昏的山
　　　路上。」見林克翻譯的《特拉克爾全集》之《埃利
　　　昂》，重慶大學出版社，2014，第103頁。

2014-10-21

# 各色人等

取動物（人）內臟的手總是熱氣騰騰的呀
冬天——思想家退場——不義人才過得去

紫、紅果實，在黑夜裡如何辨認？唯識論

白人殺黑貓，黃人殺白鵝，紅人在哪裡？
黑人漁夫面對相貌殘暴的魚呢，該不該殺？

臨水人，觀水漫過石階……也漫過生活……

2014-10-21

# 談色

藍色過於文藝了，藍色穿堂風呢？
而銀白，那倒不一定非屬俄羅斯。

色彩母音是少年蘭波關心的事。
中國人誰關心色彩？除了張愛玲。

2014-10-21

# 日本聲音

破曉時，木樓板踩上去會發出聲音
牆體，偶爾也會發出啄木鳥的剁啄聲

舊傢俱有何徵兆，椅子哧嚓，響了一聲
別嚇著了芥川龍之介呀，他愛過蘇州古柏

花甲之宴（1947）醋拌蘿蔔絲、魚圓、晚霞飯
煎炒聲裡，恒星終於發現了漢學家——青木正兒

2014-10-21

# 再致林克

林克兄，讓我們在老油燈下
讀往昔壯烈的書卷
直到黎明睡去……

醒來，午後
陽臺曬著太陽
門外郵筒佇立

（金魚在魚缸裡游，安靜）

風和諧地搖晃樹木
群鳥和諧地飛舞圓環
人和諧地行走於大地

林克兄，另事一件，咋辦？
有個德國人對我吼了起來：
啊，我銀色的胳膊依然轟鳴如雷暴。

注釋：「啊，我銀色的胳膊依然轟鳴如雷暴。」見林克翻
　　　譯的《特拉克爾全集》之《啟示與沒落》，重慶大
　　　學出版社，2014，第254頁。

2014-10-21

# 初秋思

戒律苦熬，夏日石暖，兒童不倦⋯⋯
老人們上涼亭，晨曦最合宜而非夜晚

突然他身體發抖，他的衣衫也發抖了
丹東孕婦迷茫嗎？何處孕婦又不迷茫？

別急呀，我們都會有一間自己的房間，
但僅一戶人家有一個小鐵桶、三塊小蛋糕

注釋：末行可參見：柏樺《左邊：毛澤東時代的抒情詩
　　　人》第一卷之《蛋糕》，江蘇文藝出版社，2009
　　　年版。

2014-10-22

# 他們的一生

鶴飛得很快很快，發出哀傷的叫聲，聲音裡好像有一
種召喚的調子。
——契訶夫《農民》


那天
她有一種越南的寧靜
她剛吸進去一口武漢
就迎春來到川外，美
長大了，是有用的……

為了
兩天考試，一趟火車
（南京自古註定是個插曲）
看，我寫給你詩的字體
比勤奮的姐妹還要年輕……

幻覺
夏天的身體竟沒有汗水
有一天，在石婆婆巷口
我發現你挑選水果的手指
突然我不信人難免一死

失眠……
蝸牛脫殼，苦桃—老木—巴黎

我這顆心的楚國呀，真快

棗也詩無敵，三天鶴來迎！

傍晚天欲雪，天空要繼續……


注釋一：「川外」，四川外語學院的縮寫。

注釋二：「老木」，原北大四才子之一，另三位是西川、
　　　　海子、駱一禾。詩中的「巴黎」是說老木一直在
　　　　巴黎流浪的事。

注釋三：「棗也詩無敵」，一觀便知是說張棗詩無敵，化
　　　　脫自杜甫《春日憶李白》劈頭一句「白也詩無
　　　　敵」。

注釋四：「三天」，即道教的「三清」——神仙居住的最
　　　　高境界。《雲笈七籤》卷三：「其三清境者，玉
　　　　清、上清、太清是也。又名三天。其三天者，清
　　　　微天、禹余天、大赤天是也。」

注釋五：「傍晚天欲雪」出自「晚來天欲雪」，見白居易
　　　　《問劉十九》。

2014-10-23

# 君子頌

忠孝其實來自一種天姿
詩禮傳家僅是一個輔助

幼承庭訓在於──潤之
一年四季在於──春之

武有七德，文又幾德？
去問謝靈運（述祖德）：
高揖七州外，拂衣五湖裡

君子至哀，眼淚少於血
君子不吃飯「杖而後能起」

注釋一：武有七德，見《左傳》宣公十二年：「夫武，
　　　　禁暴、戢兵、保大、定功、安民、和眾、豐財者
　　　　也……」。
注釋二：「高揖七州外，拂衣五湖裡」見謝靈運《述祖
　　　　德》。
注釋三：「杖而後能起」，見《禮記・檀弓上》。

2014-10-24

# 登高游泳，天籟洞背

酒先養老，詩後若裕，人各有志
譬如老去如登高，譬如鏡中觀游泳。

庭邊打井，墓前種榎。彼枯我淫
某人寫天籟學，意在能指畢卡索？

洞背見聞錄呢？文波兄日復一日寫
什麼！這是把一個行李箱放在駝背上？

注釋一：老去如登高，見北島《晴空》；鏡中觀游泳，見
　　　　張棗《鏡中》。
注釋二：《天籟學》，臧棣寫於2014年10月24日星期五的
　　　　一首小詩。
注釋三：《洞背見聞錄》，為孫文波在深圳寫的系列詩歌。
注釋四：「把一個行李箱放在駝背上。」見赫塔‧米勒
　　　　《托著摩卡杯的蒼白男人》，李雙志譯，江蘇人
　　　　民出版社，2010，第41頁。

2014-10-24

# 莫怕

莫怕，
彭越的身體暮成菹醢，各王需吃下一份

莫怕，
胸前穿孔，一個翻唇，他只是少數民族

莫怕，
獸鬓鬆。帝裂眥。黃庭堅並非要硬到底
柔情兒女會是哪一個，聽燈前語夜深深……

注釋一：「暮成菹醢」，見王維文《魏郡太守河北採訪處
　　　　置使上黨苗公德政碑》。菹醢，酷刑一種：把人
　　　　剁成肉醬也。
注釋二：「彭越的身體暮成菹醢，各王需吃下一份」，見
　　　　《史記・鯨布傳》：「漢誅梁王彭越，醢之，盛
　　　　其醢，遍賜諸侯。」
注釋三：「柔情兒女會是哪一個，聽燈前語夜深深……」
　　　　出自「兒女燈前語夜深」，見黃庭堅詩《寄上叔
　　　　父夷仲三首》。

2014-10-25

# 怎麼辦？美利堅！

石如飛白，王右丞幾番演教羅漢
黃庭堅呢，他從不讀什麼《黃庭經》。

曹子桓，羊頭之鋼；徐志摩，新月之後
怎麼辦？切莫去問車爾尼雪夫斯基。

美利堅！淮南有八公，上海有八公，日本有八公
而人生苦短，因此宴飲，因此談心，因此遊仙。

2014-10-26

# 柏人——危險

慢世人只能來自長沙
香煙，優哉遊哉……

下車如昨日，張載
渡江如昨日，李白
開會如昨日，麥城

謝靈運歡娛寫懷抱，
也在歡娛昨日……

橘頌——板橋霜跡
我禮貌如一塊玉墜
十月，一揮成風斤

巴蜀花茶，一滴淚
巫甯坤，或廖亦武？

讀國風，知蒼蠅美麗
——柏人——危險！
彌留之際藍仁哲——
我年輕時熱愛的老師

注釋一：「板橋霜跡，我禮貌如一塊玉墜」，見張棗《十月之水》。

注釋二：「一揮成風斤」，見李白《古風》其三十五。

注釋三：《一滴淚》（A Single Tear）是翻譯家巫寧坤在美國出版的一本自傳性小說。廖亦武（1958~），出自四川的著名詩人。

注釋四：「柏人」，古地名。今河北省柏鄉縣西南十五公里處。《史記·張耳陳餘列傳》：「漢八年，上從東垣還，過趙，貫高等乃壁人柏人，要之置廁。上過欲宿，心動，問曰：『縣名為何？』曰：『柏人。』『柏人者，迫於人也！』不宿而去。」

注釋五：藍仁哲，1940年生，2012年11月11日逝世，四川省資陽縣人。1963年畢業於四川外語學院英語系，留校任教。1978~1980年作為訪問學者，在加拿大多倫多大學訪學兩年。1981年開始發表著述，生前已發表論文40多篇，著述20多種。歷任四川外語學院英語教授，碩士生導師並兼上海外國語大學博士生導師。福克納的《我彌留之際》是他最後一本譯作。

2014-10-29

# 酒隱德國

不到山東，不懂「忽憶範野人，閒園養幽姿」
不登泰山，不知「曠然小宇宙，棄世何悠哉」

李白「呼吸八千人」，成就「一口呼吸的集體」？
Herta身世爛漫，有斧無柯，田園荒蕪，酒隱德國

注釋：引號內前三句是李白的詩句。「一口呼吸的集
　　　體」，是赫塔・米勒（Herta Muller）的詩句。

2014-11-01

# 日出前罷酒

日出前罷酒，悲填膺也罷酒
琥珀魯酒罷麼？「山東豪吏有俊氣」

俄羅斯，杯莫停！英格蘭！將進酒！
誰說一定在東方，惟有飲者留其名

天不變，道亦不變——中國
——那來自德國的黑格爾為什麼恨你？

注釋一：「山東豪吏有俊氣」，見李白《酬中都小吏攜鬥
　　　　酒雙魚於逆旅見贈》。
注釋二：我為何說黑格爾恨中國？小釋如下：黑格爾在
　　　　1822年說過：「中國的歷史從本質上看是沒有歷
　　　　史的；它只是君主覆滅的一再重複而已。任何進
　　　　步都不可能從中產生。」另外，總所周知：他也
　　　　極端瞧不起，甚至鄙視漢字，認為漢語是人類最
　　　　落後的語言。

2014-11-01

# 梅在哪裡

大街香樟樹，從風齊傾倒
哪兒來的「風掃石楠花」？

你攜韻渡江去，暮晚抵南通
唉，觀眾妙，何不媚幽獨
（眉如月，莫如眉豔月）

浮雲難尋呀，中華讀書報：
自貢男作家的捲舌音好性感！
抒情嘉寶呢？得去問王德威

可有個人一下午都感覺肉麻。
相思已成謎——夜夜朝陽台
「金瓶落井無消息」 梅在哪裡！

注釋一：引號內兩句為李白詩句。
注釋二：王德威，哈佛大學教授，研究方向是中國近現代
　　　　文學。

2014-11-01

# 詩速

詩速，得體而已，不必一味圖快
如下二句各有法度，皆是好的：

謝靈運，星星到白髮，以公尺計
Marina，責任到頓河，以光年計

注釋一：第三句來自謝靈運的「戚戚感物歎，星星白髮
　　　　垂。」（《游南亭》）
注釋二：第四句來自茨維塔耶娃（Marina Tsvetaeva）《天
　　　　鵝營》中一句：「第一個詞是責任，然後就是頓
　　　　河。」

2014-11-02

# 傾聽茨維塔耶娃

你們都說我渾身肌肉硬如鋼
有什麼用，五十年後，我們
將長眠地下。寫啊，繼續寫
……每個手勢都要保存下來

別見面，我的感情沒有分寸
我是個剝了皮的人，一碰就疼
大哥哥，書信已經等於擁抱
愛就是燒，就是女性情懷轟動

依據渾身苦恨，我辨認出他們
我男孩的胸脯不會因號啕而起伏
人透過人，更透過我，愛上生活
我渴望一步踏上千萬條道路……

小夥子正當十八歲，太幸福了
我們一見面就散步十五公里
魔術！我要你變成七歲男孩
再變成六十歲老頭，白璧無瑕！

急，快速對話；急，韻律剛勁
急，逼句子縮成一個孤詞——

誓言發冷，剃刀邊邊，音節爆破
急，喜與怒；急，與十戀人斷交

音清澈麼，聽，折斷骨頭的唭嚓
寫，以血的光速！感慨的尖叫
我那真得心應手的音素遊戲啊
節奏當然一律是發燙的暴風雨

滿嘴稀飯，繼續說，我拒絕掙扎
窗外有株樹，多好，我拒絕年齡
洗碗水交集著淚水，我拒絕心計
天棚上有一個掛鉤，我拒絕障礙

我該謝謝誰呢，拜託了，蘇維埃
洗碗成為我最後的、唯一的前程
百年後的讀者註定會憶起我這黑人！
她吊死後的一秒鐘依然是一個詩人。

**材料來源：**

《茨維塔耶娃：生活與創作（上、中、下）》廣西師範
　　大學出版社，2011

《永遠的叛逆者：茨維塔耶娃的一生》，花城出版社，
　　2014

注釋一：「大哥哥」，指帕斯捷爾納克。

注釋二：「黑人」是茨維塔耶娃多次提及的一個重要意象，她說過詩人都是黑人的話。黑人在此不是指膚色，而是意指詩人的「地下工作」（或神祕工作）性質，再說得通俗些：詩人是沒有戶口的人。她還說過普希金也是「黑人」，類似的話。

2014-11-03

# 秋日即景——西南交大鏡湖

多少詩，我只寫給年輕人看
但必須要有幾首，專為老人：
因為口含牙籤的教授正說粵語
因為科學家的哥哥還在抽香煙
——箭牌！從機場免稅店買來

秋日正午的陽光綠得亮又暖呀
成都難得。這時，我總會想起
三十四年前的廣外，某個男人
推著嬰兒車走過無人的林蔭路
他是來自日本的另一個魯迅嗎？

銀杏之黃，漂亮！樹葉擦刮水泥
地面，發出清脆的鐵器聲，好聽！
幼稚園前，嬌羞的當然還是兒童
不是熊貓。我是否應來碗鋪蓋面？

矮子一顆，青天下巡邏，為了汽車
也為校園的秋天。練劍人消失經年
平臺吹風。別釋義，請昇華，突然
我發現隨身帶筆的是秘書，不是詩人。

注釋：「廣外」，廣州外語學院的縮略語。

2014-11-03

# 少年時

退休人有時間去回憶他
漫長而驚心的一生嗎？

（有些白髮漂亮似青春
有些白髮揪心——灰燼）

大戰在即，他在找一個
五十年前冬天黃昏的聲音

莫等閒，鮮宅，聽：
一顆別針掉在客廳地板上

夏天，翻天而來，三秒！
炮彈劃過星空從江北飛臨

注釋：詩中相關情節參見：柏樺《左邊：毛澤東時代的抒
　　　情詩人》第一卷《憶少年》，江蘇文藝出版社，
　　　2009年版。

2014-11-06

# 死亡，害羞的他者

死亡——害羞的他者。
這句話如不是我說的，
多好。未來給予未來。

告別需要不停地練習，
兩次不夠，十六次呢？
仙人失去，凡人獲得。

上帝是一個保加利亞人
還是一個寫詩的彝人？
但肯定不會是一個殺人。

2014-11-07

# 寫作

極權國家的標誌，布羅茨基
早就說了：收入級別相差無幾。
看來俄國的貧窮可以是圓滿的
如同在中國，不患寡而患不均。

搬家，因為蝨子？也因為激動
誰說有孤獨感的人就缺少寬懷？
秧歌之後書多得很，今生今世
大江大海，一下又冒出個龍應台！

可杜甫並不宜於活在香港，咋辦。
可小傑作適合去琉球群島寫，人間。

注釋一：「不患寡而患不均」，見《論語》。
注釋二：《秧歌》（張愛玲），《今生今世》（胡蘭
　　　　成），《大江大海一九四九》（龍應台）

2014-11-09

# 雨夜

（怕雨嗎？別怕，讓雨淋著）

不必像中國人那樣怕雨
死者的遺物宜於雨夜清理
——舊信，別打開。牢記

穿過亮著檯燈的書房來到花園
彷彿穿過一段歲月，草地潮濕
發出常新（不好聞）的草藥氣味

夜在等什麼呢？酒杯剛停，黎明將至
初春太湖泛起鐵灰，也變幻鋼灰；幻覺
——……鮮宅……赫爾辛基的一幢樓房？

2014-11-11

# 收場

「小哀喋喋，大哀默默。」（Seneque）
——梁宗岱譯得真好。

痛風人恨罷鹵豬蹄，五糧液，海鮮⋯⋯
不見棺材不掉淚——矮子——宇宙鋒！

繼續，梁宗岱的蒙田：
「醉死的死是最完美的死。」
這一句，我知道某個人會愛得發瘋。

瘋！
樹可以奔跑，也可以散步。這一點，
那兩個年輕的男女說謊者很難懂。

他們是獨一無二的嗎，當然！唯收場相同。

注釋：「醉死的死是最完美的死。」見（《蒙田隨筆・論
　　　哲學即是學死》，梁宗岱、黃建華譯，湖南人民出
　　　版社，1987，第77頁）

2014-11-18

# 人從來不想成為自己

鳥想游泳，魚想飛？
人得行自己的本分：

讓水手談風浪，
農夫誇他的牛，
牧童數他的羊，
軍人數他的傷口。
──普羅柏爾斯

但有個護士要煉鋼
亦有個醫生要打鐵
一九五八年？豈止！
人從來不想成為自己

2014-11-19

# 魚藥

年輕時，我們豔羨春星草堂，驚訝利涉大川
我們節約用電嗎，我們隨手沒有關燈
——寫詩：

佛寺多金銀，名山出神藥。
不食雙鯉魚，偏吃青精飯。

人間小——歌樂山，那釣魚人成釣雲人
（你等會兒，那採藥人是討幽人嗎？）
全披著風，全披著水，全披著渣滓洞的清閒

我們的記憶——馬飛——哪裡（where？）
白髮晚年，魚從天落，藥自風生……
那釣雲人去了南德，那討幽人來到江南？

注釋一：「春星草堂」典出杜甫名句「春星帶草堂」
　　　　（《夜宴左氏莊》）。
注釋二：「利涉大川」，出自《易經》。也指涉1980年代
　　　　的詩人們寫詩的風氣，那時的詩人多好談《易
　　　　經》。
注釋三：歌樂山下的渣滓洞，參見曾風靡新中國的名著
　　　　《紅岩》。另，四川外語學院也坐落於此。
注釋四：「魚從天落」，典出有二：一是杜甫「驟雨落河
　　　　魚」（《對雨書懷走邀許主簿》）；後，全大鏞

注：「明萬曆丁酉，楚墩子湖忽龍起，是日雨如傾，魚從雲中散落百里，家家得魚。」二是張棗所譯《暗夜》（【德】艾納爾・圖科夫斯基，江西科學技術出版社，2010年5月第1版）中相關的故事，亦可參見我寫的另一首詩《釣雲朵的人》。

注釋五：「南德」，指德國的南方。

2014-11-20

# 快遞

可能麼，洞背，風奔浪，浪入晴天
大角咀亦來傳熱——交流湧波

蛇羹過海，民生！日日夏日。人
年輕的痛苦早忘了雄辯的姚學正！

甲午之後，沒有公車，快請遞給我雨傘
李克堅？黃念祖？不。廖偉棠才讓我想到鄒容

注釋一：「風奔浪」典出杜甫「鼉吼風奔浪，魚跳日映
　　　　山。」
注釋二：「交流湧波」典出杜甫「修竹不受暑，交流空湧
　　　　波。」
注釋三：「洞背」，地名，位於深圳。
注釋四：「大角咀」，地名，位於香港。
注釋五：「公車」，指清光緒二十一年（1895年），由康
　　　　有為率同梁啟超等數千名舉人在北京聯名上書清
　　　　光緒皇帝的「公車上書」事件。
注釋六：姚學正、李克堅、黃念祖，此三人，可參見我寫
　　　　的《左邊：毛澤東時代的抒情詩人》之《第二卷
　　　　廣州（1978~1982）》（江蘇文藝出版社，2009
　　　　年版）。
注釋七：廖偉棠，香港著名詩人，《今天》詩歌編輯。
注釋八：鄒容（1885~1905），以「革命軍中馬前卒」寫
　　　　成《革命軍》而聞名中華。

2014-11-20

# 小雪作（組詩九首）

### 昔年

昔年文彩動人生，食肉動物的陰囊總是黑的
……

鳥飛南京，風也……溫州奶媽喜歡大聲唱歌。

聽！蒙古人原來食量大，哈斯寶翻譯紅樓夢。

注釋：「食肉動物的陰囊總是黑的」，納博科夫的一個觀
　　　點，參見其《愛達或愛欲：一部家族紀事》，上海
　　　文藝出版社，2013，第21頁。

### 十二月

成都
12月仍在小陽春裡，無法穿紅毛衣，她急得哭

杭州
12月未來的間諜王站在一株「神經質的柳樹下」

重慶
12月浪激沙遊，莫不是那杯渡和尚欲乘落葉飛過

合肥
12月她的臉有一種午後二樓狹小辦公室的熱氣
（12月他的臉有一種從未在街上行走過的廟氣）

夏蛇

夏蛇！晴絲卷燕。八月裡的一天突然有初冬氣息。
南京！南京讓我想起：半天倒頭神，一夜床頭酒。

那蒲寧怎麼辦？清晨才過貝魯特，一小時後又入哈傑特。
巴爾貝克，大馬士革……「瞧，傑別爾——謝赫！」

注釋一：「晴絲卷燕」，典出朱彝尊「晚綿撲柳，晴絲卷
　　　　燕，儘自飛來飛去。」
注釋二：末二行，參見戴聰主編《蒲甯文集》第一卷，安徽
　　　　文藝出版社，2005，第464頁末行及注釋二。

老肉

老肉都是鬆的。「老了的野豬肉卻是硬的。」
讓我們來提肛。文迪說：「中醫修身妙用無窮。」

旋旋新煙，旋旋新燕，旋旋新顏，變！
在吾國，哪來「痛飲真吾師」，皆是翻臉不認人。

## 錘子

只是荷蘭人愛飛翔麼？蘇格蘭人也飛翔。
別管他，白雨忽吹散，涼到白雞邊。

可「漁業和鋸木業是不分家的」。
可蛋有自己的家（悲哀嗎？菲力浦）。

他名字很錘子，不想改一個名字，任其錘子。

## 蠶頭

蠶頭似馬頭，馬有風塵氣
魚頭似人頭，人有風塵氣

涼快的貿易風，他的最愛。
惟當頭吳雲，觀人事好乖！

注釋：「馬有風塵氣」見庾信《擬詠懷》其十七。

## 鄉霸

唉，人越空虛，對小事忘得越快……

郵亭有鯽魚，太安有鰱魚。遂寧呢
子弟家風，半生白酒，幫閒走空。

望江南，牡丹亭裡「大便處似園荄抽條」
羊兒吃草也吃棉花。陰空裡有一個鄉霸？

## 太原

　　──給潞潞、續小強

庭中大槐，承擔漢運。說的是太原嗎
雙桃並蒂，老嫗生花。說的更是太原
普通太原人的幸福生活：水流灶下，魚躍入釜

## 南亞

印度，米飯偶爾會成為一種浮誇的共產主義。

不丹，帶小書去旅行好，在小燈下讀書亦好。

錫蘭，童年南歐，芒果裡有世界的一滴珠淚。

　　　　　　　　　　　　2014-11-25

# 致李商雨

有一年夏天，你從蕪湖來交大
為了上一堂我精研的樹木課。
抱歉，讀者，樹名不便透露

伏特加有點辣椒味，望江樓畔。
牆上正合豐子愷，這，你懂的。
外甥無路走怎麼辦？他少於一！

夜無限，宇宙無限……我們
談起疲倦的左手以及那包子
——「我的女友愛上了它。」

多年後，怪底江山起煙霧……
黃葛樹下，豈止坐愁人向空書咄咄
（唉，數州消息斷，老杜在對雪）

怪事！電梯剛升起又嚇壞了坐廢人

注釋一：「交大」，西南交通大學的縮寫。
注釋二：「怪底江山起煙霧」，出自杜甫《奉先劉少府新
　　　　畫山水障歌》。

2014-11-27

# 櫻園

（一）

櫻園，有櫻桃樹嗎？
人穿制服會驚嚇了山鳥

清早開門，天黑關門
要麼相反。感到累
她吃飯就會快一些

（二）

水流人世，久坐風愁
天陰，我不看圖畫

漫遊性裡
看什麼？看作家草草
勞人草草，杯盤草草……

（三）

瓜洲渡，還是大散關
你等會，還是李登輝

在櫻園

莫問魯酒薄、趙酒厚

莫問仲夏夜天子乃羞以含桃


注釋一：「漫遊性」（flanerie）這一現代性概念，最早出
　　　　自本雅明對波德賴爾的論述中。

注釋二：「勞人草草」出自《詩經・小雅》，在此我並
　　　　不取其原意。詩中三個「草草」，都是指從簡
　　　　之意。

注釋三：「天子乃羞以含桃」，出自《禮記・月令》。

2014-11-29

# 紅與黑

陰，清晨黑入夜
熱，黑夜白入晨

紅，渝州人發紫
河南，吸奶聲咽

非世亂不思高隱
非出走不思還家

冬如來，春如來
蒼蠅口琴吹出了
一溜搪瓷火車站

2014-11-30

# 下午，養老院

在養老院，人除了坐著
還能做什麼呢？等待那
無盡的下午需要來消磨
而生命對於下午已晚了

缺了清晨，人反復訴說
血流得慢，人重習走路
黑夜裡，人認不出風吹
今生詞與物終是人與物

永日不可暮？而人是誰？
某人少年時耕芋臉且白
某人老了，洗衣手亦潔

悲哀是因天氣引起的嗎？
此地如北歐，冬日漫長
人坐著，懷念年輕的太陽

注釋一：「永日不可暮」，見杜甫《夏夜歎》。
注釋二：「洗衣手亦潔」，為胡蘭成的一幅書法。

2014-12-02

# 帝國小詩

晴空大海，音樂無涯
⋯⋯
（未央宮）北極星！
有漢一代——
天文穩定。王愛邊疆

在極遠的北方——
日落大地⋯⋯
森林翻卷起白銀
那裡的人們漂亮長壽
白髮高古，清貧安靜

很快——！隋——！
踵事增華？歲月橙紅
人催發殺機，天地反覆

注釋：「人發殺機，天地反覆」，見《陰符經》。

2014-12-02

# 格言

青春有一個天機
秋天有一個快意

幽隱含一個奇怪
緊張含一個遣興

……

寥廓豈止於江天
壁立本何其寥廓

治大國若烹小鮮
廚師可以當總統

……
唉，
司馬懿不能料死
秦王更目眩良久

2014-12-06

# 安徽人

——兼贈吾友趙楚

古籍只適合安徽人讀，
也應該只讓安徽人讀。
安徽，我心的故國呀！

你的一生，詩歌說盡：
來日苦短，去日苦長。
這是曹孟德的命運吧？

為此，念咒有了必要：
失之東隅，收之桑榆。
這也是余英時的命運。

注釋一：「來日苦短，去日苦長」，出自陸機《短歌》。
注釋二：「失之東隅，收之桑榆」，出自《後漢・馮異
　　　　傳》。日出東隅，故以「東隅」指清晨。《淮南
　　　　子》：日西垂景在樹端，謂之桑榆。
注釋三：曹孟德、余英時，趙楚，皆安徽人也。

2014-12-07

# 一個中國讀書人的一生

那時（一九七〇年代末）我們無書讀，
就讀生物學，愛上了牛滿江——核糖核酸
——鯽魚、鯉魚、金魚，動物胚胎移植

很快，狄更斯的大衛‧科波菲爾來了
天路歷程、名利場、邱吉爾回憶錄來了⋯⋯

中年，我們去了天真，喜歡上了保健品
——「太陽神」之後呢，晚年說來就來

迴光返照中，我們幹勁衝天、聞雞起舞
豈止太極！又當老師又當學生，那個忙呀⋯⋯
密林裡我們迷上了在雙樹間演法，雙樹下聽法。

注釋一：牛滿江（1912~2007），生物學家、美國費城坦
　　　　普爾大學生物系教授、中國科學院研究生院博
　　　　士生導師、河北大學名譽教授。究其實，牛教
　　　　授最大的亮點是1970年代末至1980年代中，以
　　　　明星科學家的身姿古怪地風靡中國大陸（之前，
　　　　他於1960年代末至1970年代中，也風靡過寶島
　　　　臺灣），成為當時全民（尤其是青年學子）的
　　　　偶像。
注釋二：《翻譯名義集》：娑羅樹，東西南北四方各雙，
　　　　故曰雙樹。「雙樹間演法，雙樹下聽法」從杜甫

《酬高使君相贈》中二句化出:「雙樹容聽法,
三車肯載書。」另參見《涅槃經》:「世尊在雙
樹間演法。」此詩末句是說中國讀書人老了就去
信佛。

2014-12-08

# 請放鬆，人

（一）

我想，我們最好先慢一點，因為
少年僧侶好看，少年牧師亦好看。

老好，可老哭不好，讓青年人尷尬。
繼續慢？物極必反但不必否極泰來！

早有東西比閃電快，所以大海性感。
早有榛樹-土耳其，白楊-俄羅斯
又有誰登場，保加利亞？不，導彈。

（二）

請放鬆，人
清秀是一種光明。嫵媚是一個落日。
親吻是一套魔術。寂寞——自由人！

誰說思想如馬飛不如羊走路……
（有關羊的恐懼，我們懂得太少了）

請放鬆，人
煙濃、雨暗、雪細；紅啊，日本
日本人偏愛向瘦小裡耗，惟大阪除外。

2014-12-08

# 器官與風

工作損耗神經，更損耗咽喉
耳朵——貝殼——迷人，招風

如下（因不同的風引起）：
有些肝起火，有些肺嫩寒
有些胃酸酸，有些腸梗阻……

別碰，為何？有風
與其握手，不如說與其神經握手。

別碰，為何？有風
那分裂人，左眼破曉，右眼日落

注釋：「左眼破曉，右眼日落」，如下有一個互文，由西
　　　南交通大學人文學院碩士研究生王治田提供：《太
　　　平禦覽》卷十八引《玄中記》：「北方有鐘山焉，
　　　山上有石首如人首：左目為日，右目為月；開左目
　　　為晝，開右目為夜；開口為春夏，閉口為秋冬。」
　　　此條見魯迅《古小說鉤沉》。

2014-12-09

# 憶少年

八歲，我在公共汽車上過夜
在成堆的郵包上仰望星空

（法國革命和榮昌有什麼關係）

冬天，我的歷史知識從
1962年出版的一本小書開始了
──《辛亥革命》！

什麼是興中會，什麼是同盟會
資產階級和小資產階級……
一幀照片吸引了我的注意力
在放學回家的石階上我想得出神：

那些黑色、灰色大衣……
那些南京臨時政府的參議員……

後來，
在一本蘇聯畫冊上，我認識了美
後來，
在兒童醫院，我愛上了亭臺樓閣

是李醫生嗎？還是我青春的母親？

如今我已放下責任，不再回憶這一切。

2014-12-09

# 親愛

晨光親愛，晚霞親愛，小灰塵也親愛。
會計與會計上山幽媾，親愛膨脹如許。

樹液也是一種愛液，全因了這愛液，
樹親愛地向天空生長，它才不畏人。

形象虛幻，哭泣永恆，來自法國？
親愛的，獸愛為何都很急而女神口渴？

算而今，
我從香港「雨傘」知悉了一個道理：
美少女都是親愛的民主自由熱愛者。

在小城，
裁縫踩踏縫紉機，自有一種親愛如波浪。

2014-12-10

# 重

箱子再重，對於內心沉重的人來說，也是空的。

東亞人何來金眼，重白化病人的眼睛似金非金。

鳥兒比蝴蝶重，很自然，鳥兒沒有蝴蝶逸樂。

聽力與哲學有關聯嗎？唉，星期天竟然也有重人。

2014-12-11

# 話本與言子兒

「青春之鹽」我不關心。我只牢記
沒有與古樹面唔過的人不值得交往

清晨富貴，接著正午如銀，很快，
白日在鑲著金邊格言的晚餐裡結束了

怎麼啦，水繪仙侶還在繼續……
他倆死了三百年，又復活了十小時

如皋，有虛無，就有永恆。重慶
風雨去病，言子兒便口若懸河……

有感受，無智慧，又有什麼要緊呢，
二者都短暫如脾氣。夏日隆隆……

人命——新如時間。冬天一過
能夠站著沐浴春天的人是一個長沙人。
能夠玩睡著走路的人則肯定是一個日本人。

注釋一：「水繪仙侶」，指我寫的另一本書《水繪仙侶
　　　　——1642~1651：冒辟疆與董小宛》（東方出版
　　　　社，2008年版）。

注釋二：「如皋」，以水繪園聞名，水繪仙侶——冒辟疆
　　　　與董小宛——就曾生活在這裡。

注釋三：「言子兒」，重慶方言，指所有重慶土話，有一
　　　　本書就叫《重慶言子兒大全》。

2014-12-11

# 詩歌殺

寫一首詩沒有一個愛人，只有一個恨人
——題記


欲剪湘中一尺天，吳娥莫道吳刀澀。
——李賀


蔭落落，軟弱？從物哀去了哀玉
那西京人匍匐經年，所得半山烏雲

還是在烏克蘭嗎，繼續烏……
一千零一夜

讓我來休憩，來無聊，來閒看：
那人每天寫一首詩，為了每天殺一個人。

2014-12-12

# 蜀歌一

轉騰撇烈杜鵑鳥
匯入群裡比毛衣

搶伴飛掠倡狂人
彩衣嬰兒相與戲

畫馬者，張奇開
來聽老杜畫馬歌：
一匹齕草一匹嘶

注釋：「彩衣嬰兒相與戲」，是說老萊子年七十，因父母
　　　尚在，常穿彩衣扮幼兒以娛父母。詳細故事可參見
　　　《孝子傳》。

2014-12-12

# 問題

有一顆蘋果心，在哪裡？
開題之後，我無法尋得。

有兩個問題，在這裡
聽琴之後，我有了答案：

為何日本，因日在國邊
為何三壺，因海中三山

可契訶夫還有一個問題：
這世上為何只有我一個作家？

注釋一：「為何日本，因日在國邊」，出自《唐書・外國
　　　　傳》：日本國者，倭國之別種也，以其日在國
　　　　邊，故名日本。
注釋二：「為何三壺，因海中三山」，出自《拾遺記》：
　　　　三壺，海中三山也。一曰方壺，則方丈；二曰蓬
　　　　壺，則蓬萊也；三曰瀛壺，則瀛洲也，形如壺
　　　　器，上廣，中狹，下方。

2014-12-13

# 因想到李建春兩行詩而作

江山遼落久矣，寄食還是寄詩……
他有些猶豫……怎麼這麼晚了……

突然，他想到李建春《母親在電話中催促》
難道還有更晚的事情？在人間——

或許現在要糾正青年時代的不孝為時已晚。
入睡前拉開大門，滿目的星星竟使我滿足。

2014-12-13

# 樹

輕風來，樹，纖末奮稍
濕樹來，白雨、黑雷
皮裂，屈鐵，名無住行？

隋煬帝：
古松惟一樹，森竦詎成林

今朝，何必吐嘉言如鋸木屑
樹都變成了一種青松的品格

注釋一：「名無住行」，見《楞嚴經》。
注釋二：「古松惟一樹，森竦詎成林」出自隋煬帝楊廣詩
　　　　《北鄉古松樹》。
注釋三：「何必吐嘉言如鋸木屑」，典出《晉書‧胡毋輔
　　　　之傳》：「彥國吐佳言如鋸木屑，霏霏不絕，誠
　　　　為後進領袖也。」

2014-12-13

# 光陰，急不急

先秦，口語籍籍；漢魏，士氣濟濟……
南宋甂甂，晚明岌岌；雲也汲汲，人也急急。

恰淮南小山，婦女隱，不急
恰僧來無語，自撞鐘，不急

燈光圍攏細雨裡的橘子好看，不急
同將眼見，耽詩更消得作家瘦，亦不急

2014-12-14

# 偶作

徽州的房子，還是灰色的
仰光的房子，還是黃色的
臺灣紅磚？這我以前說過

廣州的夜晚，一個日本人
只要他用日語朗誦一首詩
就會有一種西班牙語音色

對人來說，同樣不分西東
祕密是弱的，而美是難的
靠一句名言也能活進幻覺：

我勸諸君立志，是要做大事，
不可要做大官。（孫中山）

2014-12-15

# 在校園

四個女工在為修剪後的校園梧桐樹刷一米白石灰。
戴紅袖標的巡邏男人用細的淺紅硬木棍笑打一條狗。

為什麼？這兩件事碰巧了，是由於如下兩件事嗎：

我邊走邊突然想到並懷疑了日本神祕主義詩人野口米
次郎。
我今晚要去聽一個老詩人朗誦，「謝謝大家冬天仍然
愛一個詩人。」

注釋一：日本神祕主義詩人野口米次郎（Yonejirō Noguchi，
　　　　　1875~1947）。
注釋二：「謝謝大家冬天仍然愛一個詩人」，出自王寅
　　　　　《朗誦》。

2014-12-15

# 玫瑰與書

玫瑰是用於裝飾還是用於藥物？
用於修辭？用於愛戀？或別的？
卞之琳說過：玫瑰色還諸玫瑰。

多讀書，讀好書，可何謂好書？
其實沒有一本書錯過了會可惜。
有個人年輕時就懂：書還諸書。

**附錄：**

　　湖州薑海舟補充了一句，在英國：

　　嫩綠（baby blue）還諸嬰兒。

　　卞之琳又說：黃色還諸小雞雛，青色還諸小碧梧。

注釋：詩中所引卞之琳說的三句詩，皆出自其名詩《白螺
　　　殼》。

2014-12-15

# 天色已晚

你終於閃耀著了麼，我旅途的終點——
在巴黎。這年輕翻譯家為誰來，為他自己

詩，瓦雷里：技巧以外，還有些什麼……
梁宗岱：雲南那邊的政治形勢好像相當亂。

有廟，也有煙囱，對話自然轉到了小津那兒：
鐘擺擺動，樹不動；沉沒前，日本向生傾聽

某人唇紅齒黑，寫愛花的早晨（一日三斤酒）

我一頁稿紙才寫到一半，抬頭望，天色已晚。

注釋一：「你終於閃耀著了麼，我旅途的終點」見梁宗
　　　　岱所譯瓦雷里《水仙的斷片》（《梁宗岱譯詩
　　　　集》，湖南人民出版社，1983，第58頁）。
注釋二：小津，指日本電影導演小津安二郎。

2014-12-16

# 詩藝之不同

光甜，黑苦，丹農雪烏
象徵主義者就這樣說的

川大，四大，黨眼睛大
這是意象派的搞法嗎？

年輕人幸災樂禍于老人
洋洋得意地寫著「神曲」。

注釋一：「丹農雪烏」義大利詩人鄧南遮，也有人（是徐
　　　　志摩嗎）將其譯成丹農雪烏。
注釋二：「川大」，四川大學的簡稱。「四大」，同樣是
　　　　四川大學的簡稱，德國漢學家、波恩大學的顧彬
　　　　教授就是這樣叫的。

2014-12-17

# 抒情很可恥

做到不傷感是很難的。
——余怒《平日里》


魚邊睡邊遊。
鳥邊睡邊飛。
人邊睡邊走。
我無話可說。

成都望江亭，
水流心不競，
雲在意俱遲。
她無話可說。

安慰光陰嗎
博爾赫斯詩？
打發時間吧
酒醒皮日休。

夜雨複朝晴。
有個飛行員
步出殲擊機，
大聲武器喊：

抒情很可恥！

注釋一：「魚邊睡邊游」出自李笠所譯特朗斯特羅姆《上
　　　　海的街》中一句：「鯉魚在池中嬉遊，它們邊遊
　　　　邊睡。」
注釋二：「水流心不競，雲在意俱遲。」出自杜甫《江
　　　　亭》。
注釋三：晚唐詩人皮日休總是歡喜寫「酒醒詩」，如《閒
　　　　夜酒醒》、《春夕酒醒》等等。
注釋四：「大聲武器喊」，四川土話，指說話聲音很大，
　　　　高聲亂喊。

2014-12-18

# 越南

走獸在森林裡，真是溫和呀
我們為何還要同志的鐵路線

染紅的拿破崙真是武元甲？
是的，聽聽這個名字就夠了。

痛！胡志明伯伯一生害怕打針

別怕！越南。多年後⋯⋯
親愛的領導都已變成普通人

如今，工業化飛起來二十年
繼續飛──在二十年朝霞之後
我們繼續尋找一個美國新詩人

注釋一：武元甲（越南語：Võ Nguyên Giáp，1911-
　　　　2013），越南共產黨、越南民主共和國、越南社
　　　　會主義共和國和越南人民軍主要締造者和領導人
　　　　之一。越南人民軍大將，曾任越共中央政治局委
　　　　員、中央軍事委員會書記、越南政府副總理、越
　　　　南國防部部長等職。號稱「紅色拿破崙」。
注釋二：胡志明（1890~1969），越南勞動黨（今越南共
　　　　產黨）中央委員會主席（1951年~1969年）；越
　　　　南共產黨最高領導人。原名阮必成，在早期革命
　　　　活動中取名阮愛國，後改名胡志明。

2014-12-20

# 為了成為那景色

中國的陽光是照到英國去的陽光。
10歲，痛的節奏也是興奮的節奏。

並不吃驚於禮儀，只吃驚於人物：
那戴上眼鏡和幹部帽的人，是誰？
那血如信仰不停跑動的人，是誰？

少年的思想、感情以及午休古風，
桂花園？嗯，一間低矮的租書鋪，
我正偷偷撕下一頁連環畫的景色：

常聽到一陣說不出名字的聲音呵
追隨波浪，流向重慶江北的鄉下……

今天，我碰巧來到上海，為什麼
他樣子一如往昔，沒有現實只有回憶？

2014-12-20

# 別了南京

他不會去黑色冰島——那是自殺者的地方
他也不會像西班牙詩人那樣去吃一口泥土
他更不會學日本人，坐在地板上度過一生

他飛跑，植物園門前風雪撲面，細胞運動
橘子隆冬的細絲閃光——時間的紅與白

工作！中山陵百科全書森林……工作——
想念或回憶：我們最後的青年時代，別了南京

2014-12-21

# 煙

洗碗、曬被、削梨、吃酒……「這就完啦？」
你再想想，該以「啦」結尾，還是「了」

……電扇葉可旋轉出風，可削尖鉛筆
一分硬幣可買一顆糖，可用其邊緣磨平指甲

你做的麵條真好吃呀，可朋友終歸要分手的

看看那煙圀，張奇開說：她最後留給人世的形象是煙……

2014-12-23

# 風俗畫

(一)

花鳥有何愁，燕輕風斜，又過一日。

蟋蟀與螳螂挺起了胸脯，有必要麼？
羊肉湯鍋裡放幾塊橘子皮，有必要。

必要，樹生青苔，他歡喜走來走去看
必要，女詩人在燈下對鏡浮世繪的胖臉

人，注意你的嘴唇！唯老人的嘴唇除外
（因為老人們的嘴常常是半張著的）

(二)

山大松樹小，我說的是古巴。
法國都蘭區，可不是肚腩去。

（無法理，那就真的無發理）

莫非肩膀圓滑會導致說話圓滑？

聽：佛─日也；道─月也；儒─五星也
聽：中國學運偏偏起源於漢朝……

（三）

相逢是男性，道別是女性。男女居世間，各自當努力。

注釋：「男女居世間，各自當努力」出自魏文帝樂府：
　　　「男女居世，各當努力」

2014-12-25

# 論樹幾種

群橘少生意
榆木多軟弱

枸杞樹似犬
丁香有晚節

注釋一：「榆木多軟弱」，出自《齊民要術》：「榆性軟
　　　　弱，久無不曲例，非佳好之木。」
注釋二：「群橘少生意」，出自杜甫《病橘》。
注釋三：「丁香有晚節」，參見杜甫《江頭五詠》之《丁
　　　　香》。

2014-12-26

# 我暈！

夏天，驚訝含笑意⋯⋯
夏天，被騙人其實因騙子勃起

我暈！
大黑鐵時代才走進銀行
餵羊人竟忘了自己本宜寫小詩

樓上，感激人客夜朗讀：
「秋天不肯明」⋯⋯

唉，杜甫，為什麼
總有人快速遞給你一夜極樂人生？

2014-12-26

# 春日梓州登樓

來春望：「厭蜀交遊冷，思吳勝事繁」
出川！可「萬里須十金」，我哪裡來？

還好，「丈人屋上鳥，人好鳥亦好。」
日子就這樣天天過；地僻，我懶穿衣！

我能成為一個獨立的人嗎？這不可能！
唯神單獨，只要是人都歡喜聚嘯成夥
「鄙人寡道氣，在困無獨立」，我哭了

「天畔登樓眼」，眼間梁元帝：春望後
青山之鶴，晝夜俱飛，他們仍來自梁朝？

注釋：詩中引號內句子皆出自杜甫詩歌。

2014-12-27

# 天下事

1974，有個人說話我覺得是空的
1984，有個人行走我覺得是幽影

青天白日，山前樹稠，室內昏黑
悠悠萬事，為此唯大：克己復禮？

孔子後，也勿需再去問林彪將軍
天下事，莫過燕子旅食，人旅食

2014-12-27

# 出發

利口百出，不在多人，唯在一人？
我說的當然是一個小學老師
（名字——雲羞雪避——幻影！）

教育的無盡燈也是長明燈……
盞盞蜿蜒，多像山城重慶的幽夜……

孝子不遠遊，不登高，不臨深。昨天
那披星趕早路的人是誰呢？
武繼平低聲問楊偉。

是的，江山有巴蜀，何必下揚州。
是的，為什麼要去你就偏偏去了日本？

注釋一：武繼平，我的中學同班同學，現為日本某大學的
　　　　文學教授。
注釋二：楊偉，四川外語學院日語系教授。
注釋三：「江山有巴蜀」出自杜甫《上兜率寺》。

2014-12-27

# 在雅安

有個人從豬圈裡
摸出一個黑古董
下雨了……多好
雅安多雨為漏天
夏天最宜買佛頭

豈有美好如文人
你突然說到越南
越南有什麼好呢
有個人的名字好
他叫：吳庭豔

注釋一：「豈有美好如文人」從《史記：陳平傳》中一句
　　　　化出：「豈有美好如陳平而長貧賤者乎。」
注釋二：吳庭豔（越南語：Ngô Đình Diệm，1901-
　　　　1963），越南順化人，出生於一個信奉天主教的
　　　　貴族家庭。1955年10月建立越南共和國，並就任
　　　　第一屆總統。1963年11月1日被政變軍人處死，
　　　　享壽62歲。

2014-12-28

# 重慶素描

你的生活在南山
迢迢以亭亭，光景複往來
橘柚青後，橘柚黃……
石梯，一階一階……

你的生活在菜園壩
那裡火鍋連山拼
那裡大酒肥肉亂如麻
狗不理血盆，人不睬中國娃娃

重慶，你的
威嚴到底從哪裡來
——來自沿江壯麗保坎？
——來自棒棒歡喜四海為家？

注釋一：「中國娃娃」，是重慶著名畫家、詩人塗國洪一
　　　　切書寫中的首要關鍵字。
注釋二：「棒棒」是指挑夫或搬運工，外國人叫coolie
　　　　（苦力）。用這棒棒二字來說苦力，的確太過形
　　　　象了。眾所周知，「棒棒」這個新詞的流行是因
　　　　為一部曾在（至今仍在）重慶與四川熱播的電視
　　　　連續劇《山城棒棒軍》。在重慶的大街小巷，人
　　　　們四處可見這些手持棍棒的「棒棒」，他們或站
　　　　或走，隨時聽候雇主的召喚，只要聽得一聲「棒

棒」的呼叫，他們就迎上前去，迅速地開始了運輸工作，即肩挑背扛的勞作。這些「棒棒」全數來自農村，他們湧入重慶賣力氣，僅僅是為了討生活，如何討？按重慶人的形象說法，就是「在血盆裡抓飯吃」。

2014-12-29

# 相

（一）

鵝怒，引頸；鵝眠，宛頸。
魯連子說：鵝（鴨）有餘食。
──正相。

龍像。佛像。魔像。鏡像。
枚乘！福生有基，禍生有胎。
──反相。

（二）

山空日短，城空日長
大河不流，小河箭飛
──無相？

右眼春秋，左眼冬夏
前隱於釣，後隱于屠
──有相？

（三）

有一種雲，叫油雲，實為濃雲。
孟子：天油然作雲，沛然下雨。

鳥避兵氣，人何嘗不避
譬如鐘阿城，要避胡蘭成。

中國山川如外國，怎麼辦？
沒有未來，只有今日良宴會。

注釋：為何鐘阿城要避胡蘭成？因他親口說過胡蘭成有兵
　　　氣這句話。

2014-12-30

# 由《多餘的話》想到

——獻給2014年最後一天

是不是太遲了呢，太遲了！
——瞿秋白

（霧裡看花的名詞，使我苦悶
但仍讓我回過去再生活一遍吧！）

為何倍倍爾的書《婦女與社會》
最能夠刺激中國的無政府主義者？

為何厭世者特別容易成為革命者？

為何恐懼是一種願望，懷疑不是？

為何「我只以中央的思想為思想」？

為何小冊子學者用腦兩小時就累了？

宛如小姐的瞿秋白已無力氣再跑了
吃豆腐！它真是世界上第一好吃的東西

注釋一：什麼是「小冊子學者」，此點我在多處說過。在此僅以瞿秋白《多餘的話》中一句來解釋：「我的一點馬克思主義理論的常識，差不多都是從報章雜誌上的零星論文和列寧幾本小冊子上得來的。」

注釋二：為何說「宛如小姐的瞿秋白」，還是來看瞿秋白《多餘的話》中一段自我描寫吧：「我總希望有一個依靠。記得布哈林初次和我談話的時侯，說過這麼一句俏皮話：『你怎麼和三層樓上的小姐一樣，總那麼客氣，說起話來，不是『或是』，就是『也許』、『也難說』……等』。」

注釋三：此詩末句也是從瞿秋白《多餘的話》中最後一句演變而出的。

2014-12-31

讀詩人73　PG1367

 袖手人
　　——柏樺詩集

| | |
|---|---|
| 作　者 | 柏　樺 |
| 責任編輯 | 杜國維 |
| 圖文排版 | 周妤靜 |
| 封面設計 | 楊廣榕 |

出版策劃　釀出版
製作發行　秀威資訊科技股份有限公司
　　　　　114 台北市內湖區瑞光路76巷65號1樓
　　　　　電話：+886-2-2796-3638　傳真：+886-2-2796-1377
　　　　　服務信箱：service@showwe.com.tw
　　　　　http://www.showwe.com.tw
郵政劃撥　19563868　戶名：秀威資訊科技股份有限公司
展售門市　國家書店【松江門市】
　　　　　104 台北市中山區松江路209號1樓
　　　　　電話：+886-2-2518-0207　傳真：+886-2-2518-0778
網路訂購　秀威網路書店：http://www.bodbooks.com.tw
　　　　　國家網路書店：http://www.govbooks.com.tw
法律顧問　毛國樑　律師
總 經 銷　聯合發行股份有限公司
　　　　　231新北市新店區寶橋路235巷6弄6號4F
　　　　　電話：+886-2-2917-8022　傳真：+886-2-2915-6275

出版日期　2016年2月　BOD一版
定　　價　570元

國家圖書館出版品預行編目

袖手人：柏樺詩集 / 柏樺著. -- 一版. -- 臺北市：釀出版,
　2016.2
　　　面；　公分. -- (讀詩人；73)
　BOD版
　ISBN 978-986-445-064-0(平裝)

851.487　　　　　　　　　　　　　104020432

# 讀者回函卡

感謝您購買本書，為提升服務品質，請填妥以下資料，將讀者回函卡直接寄回或傳真本公司，收到您的寶貴意見後，我們會收藏記錄及檢討，謝謝！
如您需要了解本公司最新出版書目、購書優惠或企劃活動，歡迎您上網查詢或下載相關資料：http:// www.showwe.com.tw

您購買的書名：＿＿＿＿＿＿＿＿＿＿＿＿＿＿＿＿＿＿＿＿＿＿＿＿

出生日期：＿＿＿＿＿年＿＿＿＿＿月＿＿＿＿＿日

學歷：□高中 (含) 以下　　□大專　　□研究所 (含) 以上

職業：□製造業　□金融業　□資訊業　□軍警　□傳播業　□自由業
　　　□服務業　□公務員　□教職　　□學生　□家管　　□其它＿＿＿

購書地點：□網路書店　□實體書店　□書展　□郵購　□贈閱　□其他

您從何得知本書的消息？

　□網路書店　□實體書店　□網路搜尋　□電子報　□書訊　□雜誌
　□傳播媒體　□親友推薦　□網站推薦　□部落格　□其他＿＿＿＿＿＿

您對本書的評價：(請填代號　1.非常滿意　2.滿意　3.尚可　4.再改進)

　封面設計＿＿＿　版面編排＿＿＿　內容＿＿＿　文／譯筆＿＿＿　價格＿＿＿

讀完書後您覺得：

　□很有收穫　□有收穫　□收穫不多　□沒收穫


對我們的建議：＿＿＿＿＿＿＿＿＿＿＿＿＿＿＿＿＿＿＿＿＿＿＿＿

＿＿＿＿＿＿＿＿＿＿＿＿＿＿＿＿＿＿＿＿＿＿＿＿＿＿＿＿＿＿＿＿

＿＿＿＿＿＿＿＿＿＿＿＿＿＿＿＿＿＿＿＿＿＿＿＿＿＿＿＿＿＿＿＿

＿＿＿＿＿＿＿＿＿＿＿＿＿＿＿＿＿＿＿＿＿＿＿＿＿＿＿＿＿＿＿＿

11466
台北市內湖區瑞光路 76 巷 65 號 1 樓

**秀威資訊科技股份有限公司**　　　　收

BOD 數位出版事業部

・・・・・・・・・・・・・・・・・・・・・・・・・・・・・・・・・・・・・・・・・・・・・・・・・・・・・・・・・・・・

（請沿線對折寄回，謝謝！）

姓　　名：＿＿＿＿＿＿＿＿＿　年齡：＿＿＿＿　性別：□女　□男

郵遞區號：□□□□□

地　　址：＿＿＿＿＿＿＿＿＿＿＿＿＿＿＿＿＿＿＿＿＿＿＿＿

聯絡電話：(日)＿＿＿＿＿＿＿＿＿　(夜)＿＿＿＿＿＿＿＿＿＿

E-mail：＿＿＿＿＿＿＿＿＿＿＿＿＿＿＿＿＿＿＿＿＿＿＿＿